ホスピス病棟の夏

川村 湊

田畑書店

目次

ホスピス病棟の夏

装丁　司　修

I

ホスピス病棟の夏

二〇一七年七月二十八日（金曜日）曇り

今日、妻の亜子は聖路加国際病院のホスピス病棟（十階）に移った。七階の腫瘍内科（オンコロジー）の病室（いわゆるガン病棟）から移ったのだが、昇格（?）だか、降格（?）なのだかよくわからない。夫の私としては、ホスピス　HOSPICE——もう治療の余地のない末期ガン患者が、静かに死を迎え待つところというイメージがあって、極力反対したい気持ちがあったのだけれど、緩和ケア科の主治医の先生たちの話を聞いて、妻はかなりそちらのほうへ傾いている。というより、ホスピス病室に、ずっといられるかどうかを心配している様子だ。緩和ケアの最中で、途中退院を迫られるのではないかと懸念しているのだ。

緩和ケア科の主任のM先生（男性）が、ホスピス病室は無条件にずっと入院していられるものではなく、痛みや吐き気や下痢、便秘などの体調不調などの症状が緩和されたら、退院（自宅に帰っての療養や、療養病院に転居する）ということもありうると説明してくれたからだ（一般的には、ホスピス病棟からの退院は、即、死去のことだろう）。

退院できるような体調にまで回復したら、それは喜ばしく、結構なことなのだが、リンパ浮腫による右腕の痛みやら、胸部や背中の皮膚に出てきた、大きなガン性の潰瘍（〝ガンの鎧〟とまで称されるらしい）を抱えた身としては、建前としてでも、病室を追われる、移される、退院させられるということは、むしろ恐怖なのだ。

感染症による敗血症となり、ＩＣＵ（集中治療室）をようやく脱出できたと思ったら、今度はガン病棟（七階）へ、そこで数日だけ過ごし、またホスピス病室への移動ということで、胸および背中の潰瘍部分のガーゼ、包帯の付け替えを毎日行わなければならない妻にとって、担当の看護師さんたちが替わることは、大変な負担なのだ。

このまま緩和ケアを受けたまま、なるべく平穏な日々を、できるだけ長く続けたい。もちろん、私も、子どもたち（岬《みさき》と潮《うしお》の息子二人、そしてその配偶者の圭恵《よしえ》と八重《やえ》、つまり嫁）も、そうした気持ちでいることには変わりはないが、ホスピス病室を〝終《つい》の住処《すみか》〟として覚悟するまでの気持ちには、まだなれないのだ。

もちろん、千葉県我孫子市の布佐《ふさ》の自宅（新築の建売住宅を買い、建て増ししたり、庭を買い足したりして、三十年以上住んでいた）に帰れれば一番いいのだが、もはや在宅での訪問介護でどうにかなるような病状ではなく、電車や車を使っての通院もとうてい無理だ（それまでは家内が自分で運転して、最寄りの天王台《てんのうだい》駅から東京駅まで電車で通っていた。そこから病院まではタクシーだ。いつも私が付き添った——私は車が運転できない)。

そうした交通手段が難しくなったため、四月に入ってから、聖路加国際病院に近い築地六丁目のマンションの九階に2DKの部屋を借りて、通院生活を送っていたのだが、心配していた感染症にかかり、一時は血圧が最高でさえ五〇台にまで下がり、敗血症のために臨終の危機までに至った。幸いに、一般病室からすぐにICUに移り(真夜中に病院から電話がかかってきて、宿直の担当医からICUの病室に移ることの連絡を受けた。本人に意識があり、意思もはっきりしているので、朝になってから来院してほしいといわれた)、血圧の昇圧剤、感染症の抗菌剤の点滴で一命を取り留めたのが、つい先週(七月十七日)のことだ。

足の筋力の衰えや体のだるさや脱毛など、副作用が辛いので、抗ガン剤治療(三番目)を一時中断し、体調の回復を待っていた間のことだから(結果的に治療をやめることになったが)、これ以上、抗ガン剤治療を再開するのは無理で(本人が拒否した)、炎症性乳ガンの再発による胸、背中の潰瘍の広がり、リンパ浮腫の痛み、そして少し出血があったので、婦人科で念のために調べてもらった女性器の細胞から、ガンの子宮への転移がみつかってしまったからには、もはや緩和ケア(ホスピス)にお世話になる以外、選択肢はほとんどなかったのである。

ホスピスでは基本的にガン治療は行わない。痛みや吐き気や息切れ、呼吸不全などの体の不調を軽減するための緩和ケアは行うが、そもそもの病因のガンに対しては、治療を行わないのである。

それは、諦めろということか？　と医者に問い詰めたいところなのだが、それを肯定されたら、もっと精神的パニックになってしまいそうで、怖い。長男の岬はさかんに「希望」をいうが、「希望」はないが、「絶望」には早すぎるといったところか。「希望」と「絶望」のヤジロベエの両天秤の間を日々、振れ続けるほかないのだろうか。

ホスピスに入ったことは正解だったのだろうか。もう少し治療を続けるべきではなかっただろうか。私の迷いと戸惑いは続かざるをえないのだ。

ホスピスに入った直接のきっかけは、聖路加の訪問看護ステーションから派遣されて来ていた看護師の担当のSさんが、そろそろホスピスへの入院を考えたらどうかと切り出して、毎日の訪問介護と、週に何回かの通院での治療がそろそろ限界に来ていることを示してくれたからだ（聖路加でのセンターからの訪問看護が始まってから、二か月ほど経った頃だ）。オンコロジー（腫瘍内科）での抗ガン剤による治療と、緩和ケア科での疼痛や吐き気などの治療をすでに受けていた妻にとって、緩和ケア科での通院治療と、ホスピスへの入院とはそれほど閾《しきい》のあるものではなかったのかもしれない。私としては、緩和ケアとホスピス（終末ケア）とにどんな差異があるのか、ないのかがよく分からなかった。分かりたくなかったというのが、正直なところだろうか。

ＩＣＵへの緊急入院から一般のガン病棟の病室にいったん移ったのだが、ホスピス病棟のベッドが空いたら（ただし、ベッド自体は移動式で、ガン病棟からホスピス病棟へそのまま移った）、そちらに移った方が、妻の現状にとってはよい、という判断となったのだ。もちろん、それは強制的なものではなく、妻も私も十分に説明を受け、担当医といっしょに相談、考慮したうえでのことなのだが、妻の病状がこのままの進行ではかなり危ないものになる（この夏を越すことは難しいとまで言われた）という緩和ケア科の担当のドクターの見立ては、妻にそのまま伝えられるものではなかった（妻のいないところで伝えられた）。

妻本人も、私もガンが最終的に治るものではなく、最後には死を招き寄せるものであることは十分に知っていた（覚悟していた）はずだが、それまでには、半年や一年ぐらいの余裕はあるものと思っていた（願っていたというべきか）。感染症や肺水腫、肺炎や誤嚥などに気をつけていれば、今日、明日ということではない、と妻も私も思っていた、あるいは思いたがっていた。だから、ホスピスに長期入院となって、差額ベッド（病室というべきか）の費用がかさむことを、妻は何よりも恐れていた。この期《ご》に及んでも、妻の貧乏性（節約癖）は変わらないのだ。もっとも、ホスピス入院というよりも、その先に来るものから、顔を背けるために、目の前の経済的負担に心配を集中させていたということかもしれない。私は、費用など気にせず、最後の時まで快適に、平穏に過ごせればいいと思うのだが、それは妻の「生」への希望や執着を絶つようなことになるかもしれないと考え、強く言い切れないのである。

七月二十九日（土曜日）曇り

ホスピス病棟に入ってみると、一般病棟よりも、ちょっと自由になったような気がする。基本的に治療はないのだから、患者の移動も、ナースの動きも、張り詰めた緊張感から少し解放されているような気がする。「お酒を飲んだっていいんですよ」と、ナースがいってくれていたが（本人ではなく、付き添いの人間のことか）、生きている日々を、できるだけ快適に（ちょっとこの言葉はふさわしくないが）過ごすための施設なのだから、治療・治癒の場としての病院とはちょっと違った意味の場所ということができる。皮肉な言い方をすれば、治す・治るという努力を棄ててしまえば、少なくとも無理な我慢や忍耐からも解放されるということなのだろう。

個人の病室も、ドアはもちろんあるものの、それを開いてカーテンで目隠ししているだけの部屋もある。常にぴったりとドアを閉めているガン病棟とは異なった雰囲気だ。いろいろな物音が聞こえてくるのも、ガン病棟とは違っているところだ。隣の部屋のテレビの音やおしゃべり、待合室に流れるバック・グラウンド・ミュージックの微かな音楽。看護師さんや介護士さんのほかに、助手やボランティアの人たちが多くいるのも、ホスピス病棟ならではのことで、廊下での会話も自由のようだ。

ボランティア活動としては、寝たきりの患者の足のマッサージ、リフレクソロジー、理髪や美容のボランティア奉仕、病室に花を飾り、週に一回の音楽鑑賞会を開くなど、患者サービスは行き届いている。別に他の所と較べてみたわけではないがホスピスとしては草分けであり、範例ともなっているものの一つが、この聖路加国際病院の緩和ケア病棟だろう。

医師や看護師の対応も、事務職員や業者の人々にしても、これだけ行き届いた応対はありえないと思うほど上質だ。患者の数に対して、絶対的に不足なドクターとナースの数で切り盛りしてゆかなければならない病院がほとんど（全部）で、個人の努力や親切心などではもはやどうにもならない日本の医療環境の中で、少なくても最大限の努力と工夫をしているといえる。

妻が乳ガンで（乳腺外科、形成外科、腫瘍内科、緩和ケア科）、私自身が糖尿病と腎臓病（内分泌科、腎臓内科）でこの病院にかかっている体験を基にしていえば、これ以上の医療は、日本ではおそらく無理だろう。もちろん、それだけの経済的負担は覚悟しなければならないのだが。

たとえば、ホスピス病棟の場合、一日当たりの入院料は四万九千二百六十円（これは医療費の点数の規定で決められた金額だ）で、医療費として健康保険でこのうち七割を賄い、個人の三割負担で一日一万四千七百七十八円（これも、一回二万五千円を上限に、それ以上の負担は保険組合から還付される）、保険の利かない差額ベッド（バス、トイレ、家族用ベッド付）は一日当たり四万八千六百円で、合わせると、およそ一日の入院で六万円以上となり、一か月では百八十万円だ。一年ならば、二千万円以上となる。家族ベッドのない差額個室は二万千六百円だ。もっとも無差額ベッドの病室もあり、有差額と無差額のベッド（病室）を適宜組み合わせて、それほどの極端な負担にならないように工夫してくれるというが、高額であることは否めない。老後のための蓄えとして、少しは貯蓄していた私たち夫婦（息子二人は成人して独立している）だから何とか保っているが、少々の蓄えではホスピスに入ることさえままならぬのである。もっとも国の基準で、ホスピスの半数のベッドは、無差額ベッドでなければならないとされているので、ホスピスへの入院が即、高額医療ということではない。

だが、実際にホスピスへの入院は、そのキャパシティーが現在でも非常に少なく、必要な時に必ず入院できるというものでもなく、病院側でも患者個人の側でも経済的に負担が大きいことは確かである。お金持ちの贅沢な〝終活〟の場所という偏見もまだ完全には解消されてはいないだろう。

お金のことばかりいうようで気がひけるが、人生最後の日々も、できるだけ〝良く〟過ごそうと思えば、先立つものはまずお金なのだ。お金のことを懸念するあまりに、〝ホスピスに入る〟という精神的なショックから、むしろ気をそらすことができるというのが、正直な気持ちだ。絶望感や悲哀よりも、入院費用の算段をしなければならないというのは、悲哀感情に溺れてしまうことからの逃避のようなものかもしれない。

妻が、胸部（乳ガンの手術痕）の潰瘍の手当てをしてもらっていたM先生（女性）の所属する形成外科の受付は、緩和ケア科の受付と同じところだった（旧館の二階）。体の〝痛み〟そのものを対象とするペイン・クリニックとか、緩和ケアといった医療分野が発展してきたことは知識として知っているつもりだったが、「緩和ケア」の英語名が「ホスピス」とあったので、へえー、そうなんだ、と思ったことがある。ターミナル・ケア、終末医療という言葉の印象が悪いから、緩和ケアということで、言葉のあたりを柔らかくしているのだと思っていた。それは必ずしも誤解ではないのだが、ホスピス、イコール、死にかけた老人たちの〝姥捨山〟という私のイメージは、いかにも古臭く、かつ曲解したものだったかということが分かる（のちに、緩和ケア＝ターミナルケア＝ホスピスという、まったくの同義語でないことは学習したが）。

暗い顔をした付き添いの家族たちが待合室（ラウンジ）のソファや椅子に坐り、押し殺したような声でひそひそとどこかへ電話しているといった状況は、ホスピス病棟よりも、手術室のある四階や、ガン病棟の七階のほうが、もっと雰囲気的に〝暗かった〟ような気がする。

手脚が棒のように痩せ細った患者さん（私よりずっと若いはずだが、頭髪を失い、ずいぶん老人のように見える）が、車椅子に乗って、待合室で幼い娘や息子に会っているという場面を目撃したことがあった。「お父さんの足は、〇〇ちゃんより細いよ」と、あどけなく小さな女の子がその父親らしい若い男性患者にいった時に、そばで聞いていた私でさえ、思わず涙ぐんでしまいそうになった。パジャマの袖や裾から見える若い父親の腕や足は、骨に皮を貼り付けただけのように痩せ細っていた。末期ガン患者特有の痩せ方といってよい。

たった二、三日しかいなかったのに、ガン病棟では、そんな車椅子で点滴を受けている患者さんとその家族を何組も見た。家族待合室で、小さな娘二人とパパの写真を撮っている若い奥さんに、ついつい声をかけて、家族四人の写真を撮ってあげたこともあった。ひょっとしたら、家族写真としては最後のものになるかもしれないな、と思いながら、シャッターを切ったのである。

泣きながら病棟から出てきた若い女性が、携帯で涙ながらに電話をしていた。「おかあさん、やっぱりダメだった」、電話の向こうの相手は家族なのだろうか、親戚だろうか。最初は、しゃくりあげて言葉にならなかったが、ようやく落ち着いて最期の場面を報告するといった場面もあった。それらの場面に直面しながら、私は次に私自身がそうした状況に陥ることを恐れ、そして覚悟しなければならないと思っていた。変な言葉だが、〝心の訓練〟をしなければならないと思っていたのである。

聖路加病院のホスピス病棟は、最上階の十階にある（同じフロアに外科病棟がある）。病室は全部で二十四床あり、全員だと二十四人の末期ガン患者がいる。広い有差額病室が十床、無差額病室が十四床で、個室五床、準個室（シャワー、トイレ共用）六床、二床室が一室だ。「１０○○」という部屋番号が付いている。

一階からエレベーターに乗ると、各階で多くの人たちは降り、十階まで昇る人はあまりいない。エレベーターを降りると、すぐ目の前に水槽があり、水槽のなかを熱帯魚が泳いでいる。実物ではなく、映像画面だ。ラウンジにも人はまばらで、その意味ではソファに坐ってゆったりできる。他の階とはちょっと違った時間や空気が流れているような気がする。もちろん、私の気持ちの持ち方のせいなのだろうが。

患者用のキッチンや、家族用の控え室もほとんど使っている気配はなく、家族の人たちは入れかわり立ちかわりして見舞っているが、雰囲気としては静謐だ。ただ、暗い印象はなく、絵が飾られたり、花が生けられたり（これは聖路加病院の全体のことだが）していて、ホスピス病棟を明るく、維持しようという病院側の意思が感じられる。談話室には、グランド・ピアノがあり、週に一度、音楽ボランティアの人による演奏会がある。絵や花やピアノのある病棟なのだ。

ここに主治医、担当医のドクター、ナースマネジャー（看護師長）、アシスタントナースマネジャー（副看護師長）、看護師、看護補助者、薬剤師、ボランティアの人たちが常時、勤務し、心療内科医、精神ケアの看護師、チャプレン（牧師）、ソーシャルワーカー、音楽療法士、栄養士、理学療法士、訪問看護師などがそれぞれ必要な時にチームに加わり、一人一人の患者とその家族を支援するのである。

ホスピス病棟の案内として、こんな文章を載せた紙片を入院の際に渡された。

　がんを主とした、病気そのものを治すことがむずかしい状況にある患者さんとご家族のための入院施設です。患者さんの痛みや苦しみ、悩みをできる限り和らげ、生きることに喜びを感じていただけることをめざします。がんを治すための治療や患者さんのご負担になるような処置・検査、単なる延命のための措置や蘇生術などは基本的に行いません。患者さんの生命・生活の質を大切にして、少しでもご自分らしい日々を送ることができるように支援します。

「生きることの喜び?」、「自分らしい日々?」、妻の亜子にとって、「生きることの喜び」が何であり、「自分らしい」日々の生活とはどんなものなのだろう？（私にとっても）。これまで考えたこともない難しい問いを問いかけられた気がして、心がひるむ。ホスピス病棟で考えなければならない難問は、まだまだたくさんあるのだ。

七月三十日（日曜日）曇り

妻、亜子のガンは、二年前の三月頃にまで遡《さかのぼ》る。大学の授業が春休みの休暇で、のんびりと家にいた私に、妻がお風呂に入った時、右の乳房が腫れて、斑点状に赤くなっていることに気づいたから、念のために乳ガンの診察を受けてくるといって、お昼近く、自分で車を運転して、最寄りの総合病院へ向かった。私がいっしょに行かなかったのは、大仰なものと考えたくなかったからだ。果報は寝て待て（?）という気分もあった。

乳ガンの検診は何年か前に受けていたものの、ここ二、三年は受けていなかったという。マンモグラフィーという、乳房を押し付けてX線写真を撮る検査が痛くて、積極的に検査に行かなかったのだ。私も職場の健康診断を一度も受けたことのないのを自慢にしていた（?）ような、ていたらくだから、妻の体のことについても、何の心配もしていなかった。糖尿病と、それから来た慢性腎臓病を抱えた私の方が、どう考えても先にぽっくり逝くだろう。私も妻も（息子たちも）まったくそのことに疑いを持ったことはなかったはずだ。結婚して以来、妻が入院したのは、胆石摘出手術の時のただ一度だけ（二人の息子の出産の時も、分娩当日に入院し、二、三日もせずに退院した）。

唸るだけしかない腹痛は激しかったが、手術で胆石を取ってしまったら、嘘のようにケロリと治った。持病や慢性疾患といったものは、爪水虫以外に考えられない（これは私もだ。どちらが感染源か分からない。たぶん私だろう）。とても、蒲柳の質などとは無縁の健康状態で、六十六歳（二〇一七年七月現在）の今まで過ごしてきたのだ。

数時間して、近くの病院から帰ってきた妻は、浮かない顔つきで、乳ガンだったと言った。乳ガンの特徴である乳房のしこりはなかったのだが、よく間違うこともある乳腺炎ではないという。すぐに手術したほうがいい、そのための大学病院を紹介すると、診察した医者に言われたという。その手早さ（手軽さ）に、むしろ反撥を感じたほどだという。ガンもその程度の病気と見なされるようになったのか、あるいは乳ガンというものが、か。もちろん、きちんとした細胞の生体検査を行い、他の病院でセカンド・オピニオンも聞いてみなければならないが、乳ガンであることはほとんど間違いないといわれたという（この後、大学病院で生体検査をしてもらい、乳ガンであることが確定された）。

この時は、妻も私も、ついに来るべきものがやって来たという感じはあったものの、それほど深刻になったわけではない。少なくとも、妻はそれほどの精神的なショックを受けたとは感じ取れなかった。二人に一人がガンになり、三人に一人がガンで亡くなるというご時世に、ガンといわれたからといって、身も世もあらぬといった絶望感にひたるというのは、まさに時代遅れだ。また、女性の乳ガン、男性の前立腺ガンは、人生のなかの通過儀礼のようなもので、ガンのなかではもっとも〝軽い〟ものという通念を私は疑っていなかった。私の女きょうだい、長姉も次姉も妹もガンを患った。胃ガンや腎臓ガンなどで、摘出手術もしている（埼玉の姉は胃の三分の一、札幌の妹は腎臓の片っぽを取った）——しかし、治療してから数年経った今でも健在で、ほぼ健康な体に回復している。私の長姉の夫（義兄）は、胃や腸や肺臓などの、それぞれ転移ではない原発のガンと診断されてから十数年は経つのだが、抗ガン剤も使わないのに（使わないからこそ）、車の運転をして買い物や、土曜日ごとにスーパー銭湯に行ったり、家で晩酌に焼酎を飲むほどには元気である。

ガンだって、治る病気となった。とりわけ、乳ガンは、外科手術、放射線治療、抗ガン剤治療のほかに、ホルモン療法もあり、比較的治りやすいガンである、とあわてて読んだ乳ガンの解説書に書いてあった。あなどりはもちろん禁物だが、むやみやたらと恐るるに足らず、というのが私の気持ちだったのである。

もちろん、その底には一抹以上の不安もあった。乳ガンだって死ぬ人はいる。その少ないほうの数パーセントの側に私の妻が入らないという保証はない。そんな考えを私は無理に振り切って、安心しようとしたのである。

ただ、亜子も私も、その夜はほとんど眠れなかった。妻が睡眠剤を使うようになったのは、この頃からだったと思う（以前にも少し使っていたようだが）。低血圧で朝起きるのが辛いといっていた妻だが、翌朝は特に調子が悪そうだった。この日から、私たちの長く、辛い闘病生活が始まったのである。

七月三十一日（月曜日）晴れ

朝、亜子のいなくなった築地のマンションの部屋で、六時頃に起きて、病院へ持って行く果物を整える。乳ガンが発症して、抗ガン剤治療に入った時から、妻の食欲が減退して、吐き気やリンパ浮腫の痛みや痺れのために、食事が不規則になり、進まなくなった。利き腕の右手が腫れや痺れのため、箸や匙などを使うのも、不自由で、小さなおにぎりやサンドウィッチやイナリ寿司や海苔巻きなど、左手で簡単に食べられるものが中心の食事となった。それだけではちょっと栄養が足りないので、食べられるものは積極的に摂ったほうがいい。果物、とりわけ大好物のスイカのほか、ブドウ、メロン、リンゴ、モモなどは食べられるので、毎食、私はそれらを小さく一口大に切った（ブドウは粒をばらして、皮を剥いた）、それを主食のように摂取していたのである。

ホスピス病棟に入院してからは、もちろん病院食となったのだが、果物が毎食つくわけではない。それで主治医の許可を得て、果物は私が家で皮を剥き、小さく切って、いくつかのタッパーウェアに詰め、持参することにしたのだ。朝のテレビ小説が始まる頃まで、キッチンに立ち、スイカの種をほじくり出したり、リンゴの皮を剥いたりしているなど、そんなことをしている間が、一番気がまぎれる。

一般病棟への入院以来、妻への食事介助は必要で、お粥、汁もの、おかず、野菜、ヨーグルトやプリンなどのデザートまでの食事を三度三度、看護師さんや看護助手さんが、口許まで持って行って食べさせてくれていた。飲み物は曲がり目のあるストローで、食べ終わった後は、歯を磨いてくれる。歯周病や口腔の細菌は感染症の大敵で、口の中はいつも清潔にしておかなければならないという。歯と舌をブラシで洗い、口をすすぎ、うがいをして、見ているだけの私でさえ、イライラしてくるような手間暇のかかる面倒な介助だ。それを嫌な顔一つせずにやってくれる看護師さんには、まったく頭が下がる。感謝するにも仕切れない気持ちだ。そんな時でも、私は病室の隅の椅子に腰掛けて、本を読んでいるだけなのだが。

だが、ガン患者はガンそのものでは死なない、栄養失調で死ぬという趣旨の本を読んで、なるほどと納得した。ガン細胞はタンパク質を分解して乳酸として、増殖のエネルギーとする。ガン細胞が消費する以上のタンパク質、栄養を取らない限り、出来合いの筋肉からタンパク質を奪い、ガン細胞の栄養とするから、手足の筋肉は痩せ細り、歩くことも立つこともできなくなる。入院時には、自力歩行していた患者も、病院を出られるようになったとしても、退院の時には車椅子となるのはそのためだ、という論理は腑に落ちる。ガン患者にこそ、栄養の問題は重大であり、抗ガン剤が〝体に悪い〟のも、吐き気や食欲不振を増大させ、食べ物からの栄養の摂取を阻害するからだ。

ちょうど、あるテレビ番組で、ガンを克服したという歌手の女性が、ステーキや刺身など、好きな肉や魚などをモリモリ食べ、ついにガンを克服したという体験談を語っていた。吐き気や食欲の減退にも負けず、吐いてでも食べる、ということが医学的にも正しいということだった（小説家の中上健次は、肝臓ガンの末期に、病室を脱け出し、焼肉を食べに行ったという。それが良かったのかどうか分からないが、すでに時期を失していたことは確かだろう）。食べたくないもの、食べられないものを無理に食べなくてもいい。ガン患者に対するそんな思いやりこそ、ガン患者を〝殺す〟というのである。外科手術（乳腺外科）、放射線治療（放射線科）、抗ガン剤（腫瘍内科）、免疫療法（これはまだ確立されていないようだが）以外に、栄養療法という方法があるというのだ。

私の妻の場合のように、好きな果物なら、何とか口に入れられるというのなら、果物だけでもせっせと摂ってよいのではないか。あるブログを見ていたら、キウイは免疫を活発にする働きを持っており（白血球を増やすという）、栄養価も高いとあった。私はせっせと、キウイの皮を剝き、細かく刻んで家内の病床に持っていったのである（妻も最初のうちは、喜んで食べていた）。

野菜もブロッコリーやゴーヤ（苦瓜）が免疫力を高め、ガンに効くということがネットにあったのでブロッコリーを茹で、ゴーヤを小さく微塵切りにして食べさせようとしたのだが、末期ガンの患者には遅すぎた食事療法といわざるをえない。とりわけ、ゴーヤは元気な時でもあまり食べなかったのだから、体が衰えた今、その苦さ、青臭さは、なかなか受け付けられなかったようだった。沖縄の人は平均寿命が他の都道府県より長く、ガンによる死亡率が低い。これはゴーヤを常食のように食べているからだという、あまり根拠の感じられない説があって、それを信じることにしたのだが、やはり時期が遅すぎたようだ。

タンパク質の補給は、「テルミール」や「メイバランス」（商品名である）のような市販の人工栄養食品を、飲み物としてなるべく多く飲ませた。バナナ味やイチゴ味、コーヒー味などがあった。体の調子がまだよい時は、白身の魚の刺身（鯛が好きだった）や、サイコロ・ステーキのような肉も少しは食べたのだが、だんだんそれらが食べられなくなった（せっかくデパ地下で最上級の黒毛和牛のヒレ肉を買ってきたのに！）。ガン患者ほど、良質のタンパク質の供給を求めている者はいない（私は逆にタンパク質を制限しなければならない腎臓病患者である）。それを計算上の総カロリー量だけの病人食でまかなおうとすることには無理がある。考えてみれば、当然のことが現実の医学の世界では当然と思われていなかったのだ。こうした盲点が、医療の世界では、まだたくさんあるような気がする（栄養士も調理士も治療グループの一員だという考え方はまだまだ一部の病院に限られている）。

行きつけの薬局で売っていた栄養剤、強壮剤を毎朝、飲ませていた。小さなコップに入れ、ぬるま湯で割って飲むのだが、自分のためというより、私の気休めのために、しぶしぶ飲むという感じだった。医者や薬剤師の人に、飲むのに問題はないと聞いていたのだが、積極的な効果があるとは、私も思ってはいなかった。溺れる者の〝わらしべ〟の一本のつもりだったのである（サルノコシカケとか紅茶キノコとか、効き目のあるものなら、私はどこまでもそれを探し求めるつもりはあったが、信用のならないものが多かった）。

乳ガンが発見されてから、ホスピス病棟に入るまで、およそ二年半の歳月が流れた。乳ガンと確定した時から、どこで治療を受け、外科手術をどこで行うかが、私たちにとって大きな問題となった。近所の病院には、乳ガン専門の診療科がなく、手術は大学病院の乳腺外科を紹介、斡旋してくれるという。妻は大学病院へ行って、生体検査をしてきたのだが、そこには乳腺外科の専門のドクターが一人しかいず、設備や機械類も古くてあまり信用ができないという。患者が医療の設備や装置類の良し悪しを判断するのは難しいのでは、と思ったが、治療を受ける本人が、気の進まないところで受けても仕方がないので、妻の気の済むように病院を捜すことにした。

我孫子の布佐の自宅からの通院が可能で、専門の乳腺外科があり、手術例も豊富で、信頼のできるドクターがいること。そうした条件をネットや文献で検索して、行き当たったのが、築地の聖路加国際病院だった。

検査をしてもらった最寄りの大学病院の紹介状と生体検査の結果と検体を持参して、聖路加病院の乳腺外科（ブレスト・センター）にかかったのが、二〇一五年の五月で、乳房切除の手術をしたのが翌年の一月だった。こんなに間隔が空いたのは、手術の予定が混み合うなかで、いったん七月に手術の予定を入れてもらったのだが、それが、後述の理由で直前にキャンセルになり、再度手術の日程を組まなければならなかったからである。

手術を執刀した、ベテランのY先生（女性）は、見えるところのガンはすべて切除して、腋のリンパ腺も郭清して、一応手術は成功したといってくれた。これから放射線や抗ガン剤で、残っているかもしれないガン細胞を叩き、再発、転移を防ぐように見張っていなければならない、という。手術後、三月から四月にかけて、隔日で二十五回、放射線治療に通った。手術で取りこぼしたかもしれないガン細胞を〝たたく〟ためといわれたが、吐き気や下痢や倦怠感などの副作用（〝放射線酔い〟といわれるらしい）を伴う放射線治療が、〝念のため〟程度の目的で行われることに疑問を感じる。私の読んだ本では、術後の予防的治療（抗ガン剤、放射線）をしてもしなくても、転移・再発の可能性と「余命」には優位な差異はないとしていた。しかし、だからといって術後治療を止めるという選択肢はない。もしかしたら、その治療が亜子には効くかもしれないからだ。

抗ガン剤の「エンドキサン」の副作用で髪の毛が抜け、吐き気や便秘、発熱、白血球減少などの症状がすでに出ている亜子にとって、痛くもかゆくもない放射線治療は、比較的受けやすいものだった。だが、放射線を当てた肩や背中の箇所には火傷の跡のように皮膚が黒ずみ、それはなかなかとれなかった（やがてガン化していった）。

それにしても、ガン患者に限らず、この〝もしかしたら〟という希望、期待、切望の〝わらしべ〟にすがる気持ちを、現在の医療業務に携わっている人たちは本当に理解しているのだろうか。長期間にわたる、手術の順番待ちや、それに至るまでの検査や手続きの煩雑さに、当人ももちろんだが、家族のほうも精神的に疲弊せざるをえないのである。

手術までに、事態は二転三転した（と私は思った）。最初の見立てでは、普通の乳ガンの、初期というわけではないが、決定的に遅い末期というステージではない、ということだった。外科手術で、右の乳房を切除すれば、当分の間は落ち着いた生活を取り戻せるようになると思っていた。五年間、再発がなければ、一安心してよい。私たちは希望を持った。

通院している間、ブレスト・センター（乳腺外科）の待合室で、診察の順番を待つ間、私は妻に付き添いながら、若い女性、中年女性、老婦人といえるような患者さんと、その付き添いの人たちを見て、妻よりも遥かに若いのに乳ガンなのか、とか、娘に付き添っているか、娘に付き添われているのか、ちょっと分かりかねる患者さんたちを見ながら、若夫婦で心配そうに来ている人たちや、いかにもキャリア・ウーマンといった女性が、一人で、不安そうに、あるいは気丈そうに診察を待っているのを見て、こんなに乳ガン患者（その予備軍）がいるものかと、いつも心の中で驚いていたのである。

夫や父親、息子などの男性に付き添われて来ている人は、案外少ないように思った。もちろん、診断が下されて、手術や治療が始まれば、それは違うのだろうが、検査、診察の段階では、女性は一人で不安を抱え込んで、悩むという傾向があるように思える。独身女性、シングル・マザーの場合は、もろもろの悩みや気苦労は、深刻だろう。新聞記事で、進学期の子どもを持つシングル・マザーが自分の乳ガンの治療を諦めたという話があった。抗ガン剤にはかなり高価なものがある。進学費用を捻出するために、治療を中止することにしたというのだ。限られた収入を、高額で、効果が不分明なガン治療費に費やすことはできなかったのである（妻の場合も、一回数十万円の抗ガン剤というのもあった。健康保険で大半は賄えたが、効き目はなかった）。

妻の乳ガンが一般的なものではなく、比較的珍しい炎症性乳ガンだと知らされたのは、最初の担当のブレスト・センターの女性ドクターの代診で見てくれたK先生（男性）からだった。最初の担当医だったK先生（女性）は、妊娠のためしばしば休暇を取っていたためだ。乳ガン全体の中でも、〇・五パーセントから二パーセントぐらいの確率というから、〝比較的珍しい〟というより、稀な病気だといったほうが正確かもしれない。乳房にしこりがなく、赤く腫れたりするのが特徴ということだが、乳腺炎と混同することもあり、正確な診断が難しいものだという。最初の担当医の若いKドクター（女性）は、「亜子さんのガンは治ります」と、自信ありげに、太鼓判を押してくれたということを聞き（亜子はそれを喜んで私に伝えたのだが、それはすべての患者に、そんなふうにいうのだろうかと私は少し疑ってはいたが）、ほっと一安心していた私は、炎症性乳ガンということがわかって、最初の見立ては何だったのかと腹立たしい思いにも襲われた。乳ガンの本を読んで、炎症性乳ガンが治療法もまだあまり確立していず、三年の延命率で五〇パーセントという数字を見ていたからである。乳ガン全体では、手術後の回復率、治癒率は八割以上ということで、大げさにいえば、同じ乳ガンでも天と地の差だ。症例が少なく、判断が難しいといわれればそれまでだが、患者側としては釈然としなかった。

いったん手術日が決まり、そのために入院し、前日の回診で、Y先生から乳房の赤い斑点が増えていて、手術は急遽中止となった（その時にY先生が、K先生を叱責するような態度に私は少し違和感のようなものを感じた。見立て違いということだろうか）。

炎症性乳ガンは、目に見えるだけのガンを取り去っても、再発の可能性が高く、また切除部分もかなり広範囲になるという。それでも、外科手術に希望を抱いて、やはり手術を受けることにした。四階の手術室の待合室で五時間ほどの時間を過ごす間の永かったこと。大ベテランのY先生の腕前を信じないわけではなかったが、ちょっとした事故や失敗で命を落とすことだってありうるだろう。手術室のドアの向こうに消えていった妻の移動ベッドを見送る時、私は涙ぐんでしまった。手術を受ける妻の方は、平常通りの自然体なのに。もっとも不安がまったくなかったとは思われない。私と息子たちに不安を見せまいとしていたのだろう。妻はこういう場合、涙を見せたり、気弱な感じを見せない性格だった。だが、不安や恐怖を感じていたことは間違いないだろう。気丈に振舞ってみせたのは、私たちへの気遣いである。

乳房を失うことに、妻はそれほどのこだわりを見せなかった。乳ガンの手術で乳房の全摘と一部摘出とでは、それほど余命率に変わりのないこと、全摘でも乳房再建手術を同時的に行うことも可能なことを聞かされてはいたが、肉眼で見られるだけのガン細胞をすべて取ってしまうという全摘手術に妻は同意した。おっぱいを大事にするあまり、命を失ってしまう主人公の出てくる、織田作之助の小説『秋深き』の事例などは頭になかった。中城ふみ子の『乳房喪失』という歌集があったなと、思い出してはみたものの、再読しようとか、妻に伝えようとは思わなかった。命より大事なものなど考えることはできなかったのである。

手術は成功したが、右の乳房は全摘し、左の乳房にもガンが出ていたので、乳頭を中心にいくらかの部分を摘出したという。最初から乳房温存や再生は望んでいなかったが、腹部の肉や皮膚を切り取って患部に植えるという手術も行った。それは形成外科のM先生（女性）が執刀した。それぞれの持ち分があるのだ。

乳房摘出だけでなく、リンパ腺も手術で全摘したのだが、そのリンパ郭清した予後はあまりよくなかった。右腕が肩のところからむくみ、手のひら、指までパンパンに腫れるようになった。リンパの流れが滞り、リンパ液が組織に滞留する浮腫だ。これはリンパ郭清の副作用として仕方がないもので、せいぜいリンパ・マッサージで痛さやだるさを軽減させるだけしか方法がなかった。

利き腕の右手がリンパ浮腫によって動かすことが難しくなり、炊事、洗濯、掃除などの家庭内の日常の仕事が辛くなった。ペンを持って字を書くこと（実際はパソコンのキーボードを打つことや、スマートフォンの文字盤をタッチすることだが）や、ものを持ち上げることも難しくなった。箸やスプーンを持つのも辛くなった。痛みも強かったのだと思う。それでも車の運転のためのハンドル操作などはまだ自分で行うことができた。

我孫子市布佐の自宅から比較的近い柏市のN病院に、リンパ浮腫の症状改善を専門とするドクターがいると聞いて、早速受診することにした。腕のリンパ管を血管とつなぎ、滞ったリンパ液を血管に流し込むという。日本でその手術を開発して、専門とする医者は、自分しかいないと、満更自慢でもなく、言っていた。本当にそうなのだろう。妻と私にそんな説明をして、数日だけの入院で、手術は行えるという。妻は、それで腕が自由になるなら、と喜んで手術を受けることにした。

結果的には、この手術はあまりはかばかしい効果をもたらさなかった。三本ほどのリンパ管と血管を結索する予定だったが、一本だけに終わった。腕のリンパ管を塞いでいるのは、外科手術で取りきれなかったガン細胞のようで、そこにはメスを入れられないということだった。結局、おそれていたガンの再発ということがはっきりしただけで、リンパ浮腫はほとんどそのままとなった。空気圧縮の腕カバー（これはネット・ショッピングで買った）で、時々圧迫するだけの治療に戻ったのである。

築地に移ってからは、近所の治療院からマッサージ師に出張してもらって、マンションの部屋でリンパ・マッサージを受けていたのだが、ほんの気休めのような改善しか見込めず、一時間ほど施術を受けても、数時間しか効果がないようだった。しかし、受けないよりはマシということで、週に三度ほど来てもらっていたのである。あとは、右腕を包帯やサポーターのようなものできつく巻いて、痛みをごまかすようなことしかできなかったのだが（バンテージ法というらしい）、これは血流が悪くなるので長時間は無理だった。

リンパ浮腫以上に、妻を苦しめたのは、手術痕の胸の潰瘍だった。乳房を切除した部分を中心に、ようやく肉が盛り上がり、移植した皮膚もうまく定着したような時から、赤く腫れて、そのうちに膿や浸出液でぐじゅぐじゅとした潰瘍となり、手術をした右の乳房のところから始まって、一部を切り取った左の胸にまでひろがっていった。花咲き乳ガンなどという優雅な名前が付けられているが（ひどい場合は、患部がザクロの実のようにはじけて見える）、乳ガンの腫瘍が皮膚に浸潤して、ただれ、潰瘍ができて、ジュクジュクとした浸潤液、膿、血液が止まらず、毎日のようにガーゼや包帯を取り替えないと悪臭や細菌感染に悩まされなければならない、とてもたちの悪いガンなのである。

最初は、皮膚科の医者、看護師にかかり、傷口の洗浄や軟膏の塗布、包帯の付け替えなどの手当の仕方を教わり、自宅で、自分で行っていたのだが、脇の下や背中の方へ患部が広がるにつけ、本人だけの手には負えなくなった。急遽、私が手当を任されて、それまで妻が一人で、自分の部屋に籠ってやっていた潰瘍の傷口を見て、びっくりした。皮膚を剝いだ肉がそのまま露出して、赤肌を晒している具合なのだ。そこに化膿止めの軟膏を塗るのだが、神経そのものに塩を塗り込むようなもので、痛くてならないのだ。「霜降りの赤身の牛肉みたいな傷」だと、妻はいっていたけれど、その比喩は不謹慎のようだが、当たっていた。

手順を間違いながら、古い包帯を剝がし、患部の浸出液で汚れた肌をお湯で洗い、軟膏を塗って、包帯を取り替えるまでの一連の作業を終えた時には、妻も私も汗びっしょりというありさまだ。「痛い、痛い」と叫ぶ妻と、少しは我慢しろと邪険に言い放つ私とで、夫婦喧嘩というより、罵り合いのような形になった。とても自分たちの手に負えないと自覚し、ようやく解決策として考えついたのが、専門的な看護師さんに、訪問看護に来てもらうことだった。

どうして、そんなことを思いつかなかったかというと、最初のうち、妻は自分の傷口の悲惨さを私にも見せたくなかったのであり、馴染みの病院のドクターやナース以外には見せたくなかったのだ。自分でこっそり手当をしていられる間は、できるだけ人の手を煩わせないようにしていたのだ。私の手を借りようとしたのは、もうとうてい、自分だけでは無理だと観念したからだが、その時点で素人の介護では間に合わないほどの症状となっていた。

健康保険や介護保険による訪問看護・介護の制度をよく知らなかったこともある。お医者さんが往診してくれることは知っていたが、訪問看護があり、健康保険で賄えるということを知らなかった。聖路加病院のソーシャルワーカーの人に相談して、その仕組みや申し込み方を教わり、近辺の訪問介護ステーションからの訪問看護師を手配してもらった。制度はあっても、患者や家族の側に寄り添った広報活動が、まだまだ不足だと思わざるをえないのである。

炎症性乳ガンによる潰瘍に関する苦痛は、痛みそのものの他に、その傷口から出る臭気である。患部に細菌が繁殖し、不快な臭いがかなり強く臭うのである。乳ガンに関するブログを見ると、この臭気に関する悩みはかなり多く、患者の悩みの種なのだ（洗濯機で、ほかのものといっしょに洗うと少し臭いが移る。それで別々に洗濯するということで、患者の気を滅入らせる原因となる）。

本質的な病症とは違って、臭気程度のことでは本格的な対策や対症療法が立てられるということは、あまりない。病気なのだから、痛みは我慢、ましてや臭気ぐらいは、我慢の範囲にも入らないのだ。幸い、そうした患部の臭気を抑える塗り薬が工夫され、ずいぶん改善されるようになったらしく、外科手術に立ち会っていた形成外科のM先生の、あの手この手といった試行錯誤のような処置の仕方で、臭気の問題はかなり改善した。最初は二種類の軟膏を交互に塗布したが、次からは薬局で何種類かの薬を混合したりして、最善の塗り薬を作り（行きつけの薬局で、薬剤師さんが、時間をかけて処方箋の通り作ってくれた）、貼付の仕方を工夫するなど、悪くいうのではないが、妻の傷口を実験に、さまざまな処方を工夫したのである。

人の鼻を気にする不快な臭気は、調合された軟膏と、患部の清拭で近くに寄っても気にならない程度にようやく抑えられるようになった。それまでは、「お母さんが気にするとかわいそうだから、臭いのことはいうな。鼻を動かすこともするな」と息子と言い合わせていた。本人自身は、抗ガン剤などの副作用のせいか「鼻が利かなくなった」といっていたから、案外平気だったのかもしれない。

経験者によると、病室の換気や消臭にとても気を遣い、洗濯物も家族のものとは別に洗うなどの配慮や遠慮などをしなければならなかったという。妻への〝実験〟の結果が、今後生かされることを願うばかりだ。

八月一日（火曜日）曇り

ホスピス病棟の奥の方からピアノの音が流れてきたので、今日が週に一度のボランティアさんたちによる音楽茶話会であることに気づいた。談話室に行ってみると、コーヒー、紅茶を淹《い》れて、ボランティアの人たちが接待し、ピアノとハープを弾く音楽家が、聴衆のリクエストに答えて曲を弾いている。「エリーゼのために」「琵琶湖周航の歌」「アロハオエ」「島唄」「涙《なだ》そうそう」「イエスタディ・ワンスモア」など、多彩なレパートリーの曲を巧みに演奏している。聴衆は患者さんや、その家族で、車椅子の老人も、娘さんらしい介助人に連れられてやって来ている。

私は馥郁とした紅茶をいただきながら、ハワイの「アロハオエ」、沖縄の「島唄」などを聞きながらついつい涙もろくなってしまった。病床で寝たきりになっている妻と、ハワイや沖縄を旅行したことを思い出したからだ。旅に出れば、食べ物のこと、乗り物のこと、泊まるホテルのことなどで、ことごとく喧嘩をするのに、私たちはいっしょによく旅行した。アメリカやヨーロッパならともかく、北朝鮮（朝鮮民主主義人民共和国）まで夫婦いっしょに行ったというのは珍しい部類に入るのではないか。テレビに映った平壌《ピョンヤン》の千里馬《チョンリマ》の像や主体タワー（思想塔）や人民大会堂前の巨大な金色の金日成の銅像の映像を見て、「ああ、ここに行ったね」と言い合う夫婦はあまりいないと思う。その当時、平壌にまだあった主体科学院で、韓国に亡命する前の主体科学院の院長だった黄長燁《ファンジャンヨプ》氏から〝チュチェ（主体）思想〟の講義を妻などといっしょに受けたのも、往時の思い出である（もちろん、みんなといっしょの訪朝団でのことだが）。

ピアニストのボランティアさんに、「イムジン河《ガン》」をリクエストしようとして止めた。アッシジの聖フランチェスカの絵の額のある、このホスピス病棟の談話室には、あまりふさわしい曲とは思えなかったからだ。

とても痩せたご婦人が二人、椅子に坐って音楽を鑑賞している。患者さんだ。鶴のように、というのは芥川龍之介のような痩身の比喩だ。鶴のごときお二人は、静かにピアノとハープの音楽を体に浸み込ませているようだった。繊細な音でなければ、体が壊れてしまいそうな佇まいだが、楽音がしっかりと体の輪郭を支えている。ホスピス病棟の音楽会には、そんな独特な聴衆たちの雰囲気がある。


妻の手の甲での点滴注入がスムーズにゆかない。右腕のリンパ浮腫や潰瘍の傷の関係で、点滴を受けるのは左手の甲の静脈だけ。点滴がスムーズに落ちてこない時は、手を温めたり、腕の置き場所の角度を変えたりして、一時間以上じっと姿勢を変えずに待っていなければならない。終わった後の「ヘパーリン」（血液凝固を防ぐ薬剤）の注入も、細い静脈の妻にとっては辛い試練だ。ただ、点滴で抗菌剤を体内に入れないことには、感染症による敗血症の予防とはならない。大きなガン性の潰瘍を抱えている妻にとって、抗菌剤の点滴注入は、命の綱といってよいほどだ。手の甲への注射は、ナースによっても上手下手があるようで（相性といったものもあるかもしれない）、下手な人（ドクターでも、ナースでも）に合うと、何度も針を細い血管に刺し損ねて、手の甲が内出血で青痣となってしまうこともあった。

また、点滴には時間がかかる。一時間や二時間の点滴もあり、二、三秒にひと滴《しずく》ずつ落ちる点滴薬をじっと見つめながら、感染菌と闘う抗菌剤（抗生物質）が体のすみずみまで浸透してゆくのをひたすら待っている。その間、腕を動かすことができないのだから、深く寝入るわけにもゆかず、滴り落ちるまで、じっと待つ以外にないのである。

点滴薬といっしょに体のなかに入る生理食塩水が、手足のむくみの原因になるのでは、という私の素人考えは、病室に巡回してくるドクターにあっさり否定された。肺に水が溜まっているのも、別段水を多く摂取したからではなく、ガン細胞の〝悪さ〟だという。妻の場合、胸に潰瘍があるため、胸から注射して溜まった水を抜き取るということができない。利尿剤などで、おしっことして水を排泄しなければならないのだ。

私としては、妻のむくんだ足をやわらかく揉むぐらいのことしかできない。妻は、「名誉教授に足を揉ませるのは、恐れ多い」（私は二〇一七年三月に二十七年間勤め上げた法政大学を定年退職し、名誉教授の称号を貰った）などと、軽口のようなことをしゃべりながらも、少しは機嫌がよさそうだ。ベッドの右サイドと左サイドから、私と息子に足を揉ませているのは、男奴隷にかしずかれる女王様のようだ。もっと早くからこうしてやってやればよかったと、心中に涙する。息子も同様だろう。

足を揉んでいると、「ああ、気持ちがいい」と言いながら、少しすると「もう、いいよ、疲れるから」と私たちを気遣う。しかし、私と息子は、本当に疲れるまで、亜子の足の体温を感じながら、揉み続けるのだ。こうした穏やかで〝幸せ〟な時間がいつまで続くだろうか、心のなかで恐れながら。

八月二日（水曜日）曇り

亜子の病室に、毎朝ボランティアの人が花瓶に挿した生け花を飾ってくれる。ベッドに横になった姿勢でも見られるように、テーブルの上に置いてくれるのだ。一週間に一日だけのボランティアの人たちは、曜日を替えながら、花を飾ったり、看護や介護の手伝いをしたり、談話室でコーヒーを淹れたりしてくれるのだ。家庭の主婦が多く、平日の朝から午後まで病棟に詰めているのだ。

各病室に飾る花は、ボランティアの人たちの家庭花壇から剪ってきたり、聖路加病院の空中庭園の花壇から摘んだりしているそうだ。馴染みの花屋さんから、売れ残りの花を分けてもらうこともあるという。花瓶は思い思いのものを持ち寄り、病棟の流しで茎を剪り、葉を整え、花を生ける。亜子が赤い花が好きだといったら、赤い花を選んで飾ってくれるようになった。バラの一輪挿しのような簡素なものだが、白色中心の病室のなかでは鮮やかに目を惹く。

病棟のボランティアは、もちろん無償である。交通費などの実費の支払いもない。家庭の主婦が多いが、リタイアした中高年の男性もいる。大学生もいて、ベッドを移動させたり、車椅子を押すような力の入る作業は、こんな若い人や男性が担当する。

土曜、日曜は家庭の主婦が多いためか、ボランティアの人が少ない。ピンクのエプロンを付けたおじさんのボランティアさんが、忙しく病室をいくつも掛け持ちで飛び歩いている。午後五時、エプロン姿のボランティアの人たちが帰ってしまうと、ホスピス病棟は、にわかに淋しくなったような気がする。患者と家族と、当直のナースが夜を過ごすだけなのである。

ホスピスは、死と向かい合う場所のように思われるが、本当は「生」と向き合う場所なのではないか。死と向き合っているのは患者だが、それを見守る家族は、一人の人間の生き方や、「生」の姿と向かいあっている。これまでの生活の仕方、人生の来歴、過去の暮らしの集積を、否が応でも見つめ直さなければならない。

妻は、近い日々に確実に死に迎えられる。だからといって、死と直面しようとしたってムダだ。古代の哲人がいっているように、生きている間は死はやってこない。死がやってくれば、生はない。だから、生きている時に、死を考えることは意味がない。単なる言葉遊びや逆説のアフォリズムのようにも思えるが、確かにホスピスは、生を知らない私たちが、どうして死を知りえよう、という孔子の言葉（我、未ダ生ヲ不知、焉ンゾ死ヲ知ラン——論語）をあらためて噛みしめるような場所であり、機会なのだ。

妻に、「いろいろなことがあったね」と語った。私たちの出会いからこれまでの人生、少なくとも四十年間の結婚生活、夫婦生活、家庭生活の全般のことを言ったつもりだったが、「そうね、いろいろなことがあった」と答えた妻は、発病以来、通院、入院、我孫子の家を残して築地のマンションの部屋に引っ越してきた、近々の出来事を思っているようだった。

布佐から築地への引っ越しの時の諍いは、何を持ってゆくか、何を捨てるかというのが直接の原因なのだが、本格的な引っ越しを考えている妻と、簡素な闘病生活を考えている私とでは、考え方に差があったのだ。必要最低限の家具や食器などで十分だとする私と、自宅でさえ使い切れなかった高級食器を持って行こうとする妻とで、話が食い違ったのである。妻の病状、体力が本格的な引っ越しに耐えられるはずはない(私もそうだ)。私は、漠然といずれまた布佐の家に戻ってくることを考えていた。その時にはまた元のような生活が続くだろう。そのために、大かがりな引っ越しを、したくなかったのだ。妻は、もう自宅での生活は諦めていたのだろう。新しいマンションの部屋で新生活をするつもりだった。私は単なる仮暮らしのつもりでいた。妻の病気が深刻になり、さらにそれ以上になった後のことを想像も、予想もしなかったし、したくなかったのだ。もう元の暮らしには戻れない。客観的に見れば、その通りなのだが私には、まだ未練といおうか、諦め切れない気持ちがあり、単に一時的な仮住まいという気持ちを放擲したくなかったのだ。もう一度、布佐の家に帰ってくることを難しいとは思いながらも、心の底で願っていたのである。

妻はもう自分の未来はないと感じていたのではないか。しかし、お互いの本音を口に出すことはできず、引っ越しに関しては、完全なものか、仮住まい的なものかも含めて、子どもたちにすべて任せるということで、ようやく二人で納得(妻は不承不承だが)したのである。

ベッド二台(私と妻の)、布団二組、枕、シーツ、冷蔵庫、洗濯機、電子レンジ、大型テレビ、亜子と私用の書物机と椅子と小物入れの棚。これらは全部新調した。鍋、電気釜、フライパン、ポット、包丁や洗い桶やおたまじゃくしなども、長男夫婦に頼んで、ほとんどを東京駅横の「良品計画」で新しく買い揃え、整えてもらった。妻は必ずしもこのことを歓迎していたとは思われないが、私としては妻と二人の新しい生活をスタートさせるつもりだった（まるで新婚家庭の調度品のようだ）。元の布佐の家に戻る時は、すべて捨ててきていい、未練を持たないような安価なものばかりとした。ちょっと張り込んだのは、妻が使うデスクと椅子だ。高島屋の家具売り場で買った、高級な輸入物の木製デスクだ。私の展示品割引きの白木の机と椅子に比べると十倍ほどした。いずれ使わなくなったら、孫の新《あらた》に譲るのだから、少々高価でも良いものを、というのが妻の言い訳だった（この時、添え物のサイドボックスや引き出しを買わなかったことを後日、私は後悔した）。

私はどこかで、これまでの自分の生をこの機会に総括しようというような気分を持っている。もちろん、それは望んだものではなく、いわば強いられた〝人生の総括〟だ。でも、妻は、現在の「生」に直接的に向かい合っている。それは体の痛みや不快感、不調感、そこから少し解放された時の快さなどのような、とても現実的な生活感覚だ。

ホスピス病棟で、自分と妻の人生を文章によってまとめあげようと考えている私と、生と直面している妻とは、本質的に違っている、と同時に共通しているようにも思える。生を見ているのだ。死ではない。そんなことを、飼い猫のジャマコといっしょに、マンションの部屋の寝床の上で、うつらうつらと考えている。今日の、人生の一日が始まるのだな、と思いながら。

なぜ、こんな文章を書いているのか。ひとつには、気を紛らわすためだ。文章を書くことで救われたいからだ。いや、単にホスピス病棟に流れる時間に耐えるために、その不如意を埋めるために、だ。

これまで、私は、文芸評論家という職業(大学教授という職業も)として文章を書き綴ってきた。それは仕事として、いくばくかの収入を得るため、自分の訴えたいことの衝動を満たすためや、表現欲を満足させたいために、などだ。だが、考えてみると、退屈な時間を埋めることや、目の前の不安感や恐怖感から一時的にでも逃れるために、文章を綴っていたこともあったような気がする。今が、まさにその時だ。ホスピス病棟で感じたことや、考えたことを、文章にまとめてみること。それも、まさにリアル・タイムで書き続けることは、無為でありながら、きわめて貴重な妻との時間を、最大限に活用することであると考えたからだ。記録とも心象スケッチとも違うし、日記やエッセイとも違う。強いていえば、いたずらや、軽い悪事を働いた時に、強制的に書かされる反省文や感想文に近いだろうか。その類の文章を書いたことがなかった私が、せっせと罰としての作文に取り組んでいる。そんなイメージが、今の私の状況にはぴったりのような気がする。

でも、それは何に対する罰だろうか。仕事を優先して、家庭を顧みずに放蕩(放逐)した報いか(別にそんなことをした自覚などないが)。妻や子をほったらかしにして、自分のことだけにかまけていた罪か(これも、それほど極端なものではないはずだ)。罪に対する罰、天罰か(そんな自覚もない)。病気や自分の運命について、そう考えているわけではないが、〝書く〟ことによって、何かを祓《はら》いたいといった気持ちがあることは否定できない。そうなるとやはり悪業とか因果とかいうことになるのだろうか。それを振り払うには、やはり〝書く〟ことしかなさそうである。書くことによって、救われる。救われないかもしれない。少なくとも、この時間、このひと時の不安や恐怖はなだめることができるのだ。

乳ガン発症がわかった時から、妻も私も、いずれ迎えることになる〝死の瞬間〟を思わずにはいられなかった。そのたびに私は、生きている間はまだ死んでいない、死んでしまえばもうその存在(生)はないのだから、取り越し苦労をする必要はないのだと、何度となく自分に言い聞かせようとした。少なくとも、まだ相当な時間の余裕はあるはずだ。そう考えて、これまでの時間を過ごしてきたのである。

考えたくないことは、考えずに過ごしてきたのだが、とうとう、そうもいかなくなったようだ。私と妻の眼の前で、ドアがぴしゃっと閉められたような感じがした。未来の希望や、将来の展望はまったく開かれることがない。妻の死とともに、たぶん私の命の半分ぐらいは失われてしまうだろう。ただでさえ、慢性腎臓病で寿命は明らかに縮まっているはずなのだから。

私の体が不調である。いや、心が。夜中に右足が攣《つ》ってしばらく痛みに呻《うめ》いた。足首を無理に動かしたら、また寛解した痛みがぶり返し、トイレに立つのに、足を引きずらなければならなかった。慢性腎臓病から来る足のむくみによる、こむらがえりの症状の一つなのだろうが、精神的なものもあるようだ。不眠、食欲減退、体のだるさ、ぼんやりした不安感、強烈な孤独感。老人性鬱病と診断されるような〝心の病〟かもしれない。

四十年以上も連れ添ってきた、糟糠の妻がホスピスに入ったのだから、その亭主が健全そのものでいられるわけはないと自覚しながらも、どこかで、妻に対する罪滅ぼしのような気がしないではない。そんな横暴で、亭主関白だった覚えはないが、やはり自分の好きな道（文学）に進む過程で、妻や子をややないがしろにしていたという罪意識が潜在しているからだろう。物書きは、自己愛が強い。だから、せっせと自己表現に励むのだろう。私も人並みに自己愛はあり、自己表現の欲求、欲望は普通の人よりは強い。それを一〇〇パーセント肯定しない自分もいる。

だが、そんなことはあまり考えないようにしよう。それよりも、こうして書き続けることによって、不安感、空虚感、恐怖感を癒すことのほうが大事だ。

私は昔から、何か問題が起きれば、その問題に関するさまざまな本を読むという習慣を身につけていた。幼い頃から、格好をつけていえば、〝本は友だち〟だった。それが高じて、文芸評論家という〝物書き〟になったのだから、我ながら〝三つ子の魂百まで〟だ。本を読んで現実的な問題の解決策を見つけることもできるし、概論的な知識を身につけることもできる。何よりも、本の世界のなかに没頭していれば、どんなリアルでシリアスな時間のなかにいても、しばし現実から逃避していられる。書くことは、救いになる。それは、こんな場合でもお腹が空き、おいしいものを食べれば満足感（幸福感）が訪れるように、しばしの快感を与えてくれる。村上春樹の小説に、〝小さな、確かな幸福感（小確幸）〟があるとの評言を聞いたことがあるが（台湾の村上春樹文学研究の世界では重要なキーワードとなっている）、紅茶の香りや、ランチのおいしさや窓の外の花の樹など、そんな〝小確幸〟を見出そうとしているのが、ホスピス病室のなかの私である（妻が、布佐の家で庭の花作りを一生懸命にしていたことの意味をようやく私は気がついた）。

病気になるということは、それまでにできていたことが徐々にできなくなるということだ。妻の病状を見ていて、つくづくそう思った。上野千鶴子さんの本に、「昨日できていたことが今日できなくなり、今日できていたことが明日できなくなる」と書いてあったが、まったくその通りの過程を亜子は経てきたのだ。

乳ガンと診断されてから、二年ほどは通院していた妻は、最初は自分で車を運転して最寄りの駅まで行き、病院に通っていたのだが、二年前にトヨタ・カローラが、自宅の車庫で大水のため水没してダメになったので、ホンダに切り替えた（だが、この車はリコールが多く閉口した）。

ほとんど私が同伴したのだが、運転のできない私に、妻は「ガンの妻に運転させて、自分は偉そうに助手席に坐っている」と冗談風に嫌味を言っていた。自動車の運転などにはまったく向いていないと自覚しているし、免許を取るにも三回も教習所に入所して中途で挫折した私は、このまま死ぬまで車の運転などせずに終わればいいと思っていた。妻の病気が進んで、右腕が腫れ、ハンドル操作が難しくなった頃に、車の運転をやめさせ、タクシーで駅まで通おうという私の提案に妻は、

「もったいない」とにべもなかった。運転ができなくなる、ということを考えることが嫌だったからだとも思う。だが、助手席にいた私が危険に思うほど、車が道路の片側に偏ったり、信号の変化に敏捷に対応することが難しくなった時に、妻も自分で運転ができなくなる時が来ることを覚悟するようになったようだ。

歩くのが辛くなるようになったのは、運転が難しくなったのよりも少し前のことだった。歩けなくても、足でのブレーキ、アクセルの操作はできるし、ハンドル操作も坐ったままで大丈夫だ。だから、車の運転はできる、というのが妻の言い分だったが、移動や交通の手段（歩行、車）が失われることが妻にとってかなりの打撃だったのである。

鎮痛剤などの服用で味覚が変わってしまったといい始めたのも、二年ほど前からのことだった。料理の味が感じられなくなったといい、塩味や砂糖味を私に確認させようとし始め、右腕の腫れもあって、鍋やフライパンの持ち運びも辛くなるようだった。ガス台のコンロが危険に思えるので、IHのコンロに替えた（鍋なども買い換えた）。ただ、その後、料理をほとんどしなくなったので、私が真新しいIHコンロでお湯を沸かしたり、魚を焼いたりするだけだった（結局、二、三か月使っただけで、築地のマンションに移ったのだから、これは宝の持ち腐れとなった）。

それまでは、時には近所の奥さんたちとランチに出かける時には、妻が運転して行くこともあったし（近所のしゃれたレストランを食べ歩きしていたようだ）、夫婦共通の知り合いといっしょに、近くの店に外食に行ったりしていたのだが（この場合はチェーン店のファミレスや回転寿し、ラーメン店などのきわめてリーズナブルな外食だ）、それもおぼつかなくなった。以前は、一週間に数回、近所の健康ランドの温泉施設に車で行き、外食で夕食を済ませることもよくあったのだが、乳ガン手術をしてからは、まったく行かなくなった。行けなくなったというべきか。

趣味のステンドグラス造りも、もちろんできなくなった。近所の教室に通って、ガラスを切ったり（そんな器械もあった）、ハンダゴテのようなものでくっつけたりして、装飾したスタンドをいくつか造っていたが、それも辞めざるをえなかった。

海外旅行ができなくなり、国内旅行も無理（次男夫婦と孫といっしょに金沢、芦原温泉に行ったのが最後となった。亜子が室内温泉の湯船に浸かったのもそれが最後だ）、近場の外出も不便となり、聖路加病院への通院も難しくなったのが、二〇一七年の初めだった。この頃は、家の中でもほとんど居間のソファで横になってテレビで韓流ドラマを見ているか、自室で寝て、海外ミステリーの文庫本を読んでいるかといった生活で（それは今から思うと、ガンの苦痛や、死の恐怖からの逃避だったと思う）、炊事、洗濯、清掃などの家事の遂行が難しくなった。私が代わりにそれらの家事の一部を受け持ったのだが、にわか〝主夫〟には、とうてい妻の代わりは務まらない。洗剤と柔軟剤の比率を間違えたり、洗濯物をネットに入れたまま乾燥させたりと、妻に叱られ、あきれられることが多かった。築地のマンションに移る前には、短期間、家事手伝いのおばさんに買い物や掃除などを頼んだのだが、家事を他人任せにすることは、妻にとって快いものでなかったことは確かだろう。

運転ができなくなり、家事ができなくなり、字を書くことも、パソコンのキーボードを打つことも難しくなった（もちろん、趣味のステンドグラス造りや庭いじりなども）。少し歩くと息が切れ、疲れやすく、体のふしぶしに痛みが走り、立ったままでいることも辛くなった。電車ではグリーン車か、優先席がなければ、長時間は耐えられなかった。階段は無理で、エスカレーターやエレベーターのない場所には行くことができない。ガン患者は外見上は健常者と見分けがつかないから（脱毛して、帽子をかぶっているケースが多いから分からないこともないが）、介護を受けたり、いたわられたりすることもない。畢竟、外出が難しくなるのだ。

病むことと老いることとが、いっぺんに来てしまった妻（私も同様）には、自分が元気であった頃の記憶が生々しいので、自分の体の衰えや故障をまだはっきりと自覚、感覚することができない（ガンも腎臓病も基本的には老化現象であると思う）。だから、それができないことに直面すると、いっそう神経を逆立てさせるのだ。苛立ったり、意気消沈する妻を見るたびに、私も苛立ち、沈んだ気持ちになる。病気になったことをつくづく恨めしく思うのはこんな瞬間なのだ。

暑さ、寒さの感覚も狂ってきた。亜子は微熱が続いているせいか、暑い暑いといって、冷房を強くしようとする。反対に私は暑さに感覚が麻痺したのか、クーラーが寒くてしようがない。暑がりだった私と、寒がりだった妻とはまったく逆になってしまった。二人とも暑寒の皮膚感覚が鈍ってきたのだろう。

衣服の着脱にも苦労するようになり（それでも下着だけは、私や看護師さんの手をわずらわせなかった。もっとも、ベッドに寝たきりになってしまったら、それもできなくなった）、歩くことも、坐ることも、食べることも、飲むことも難しくなり、ついには息をすることも困難になる。食事だけでなく、排泄も困難になり、目が見えなくなり、耳が聞こえなくなり、声が出なくなり、味が分からなくなり、嗅覚も衰える。そうなると、あとはただ、死ぬのを待つだけなのだろうか。そんな日をただ待つだけの日々がやってくるのだろうか。考えたくない時が、だんだんに迫ってくるのだ。

私が妻の亜子と知り合ったのは、大学のサークルでのことだった。入学以来、卒業まで所属していたのは文芸研究会という、いかにも文学青年の卵たちが集まっているサークルだった。私はそこで詩や児童文学作品や評論を書き、亜子は詩や短篇小説を書いていた。いかにも文学少女で、少し生意気で、活発で、明朗な女子学生だった（背が低く、ぽっちゃりしていた。美人ではなかったが、愛嬌があった）。その文学好きは、両親やお兄さんからの影響であるらしかった。別段、そのサークル時代に付き合っていたわけではない。それぞれ別々に恋愛したり、失恋していたりしていたと思う。大学を卒業して何年か経ってから、仲間とともに久しぶりに出会う機会があった時、二人ともまだパートナーがいず、そろそろ身を固めてもいい頃だと、互いに思ったことがあったからだ。

長男の岬が、「お父さんとお母さんは、デキチャッタ結婚なんだね」と言い出したことがあった。自分の戸籍を見て、父母の結婚届と自分の誕生日が、近接していることに気がついたのだ（婚姻届が一月で、長男が生まれたのは八月）。

「いや、結婚していっしょに住んでいたけれど、婚姻届をその日にしただけで、子供ができたから結婚したという、いわゆるデキチャッタ結婚ではない」と釈明したものの、それだってデキチャッタ結婚の一種かな、と少し思い返したのだが。

結婚式をあげるつもりはなかったが、義母が式の写真だけでも撮りたいということで（県民共済組合で、娘の結婚式費用を積み立てていたという理由もあった！）、兄弟とわずかの親族だけの結婚式を小さな会場で行い、記念写真を撮った。新居は、義父母が持っていた浦安駅前のマンションの狭い2DKの部屋だった。長男が生まれ、近隣の南行徳のやはり2DKに移り、年子の次男が生まれて、浦安の祖父母の家に同居したのを経て、我孫子市新木《あらき》の県営住宅、布佐の建売住宅を購入し（長期ローンで）、それからは家族四人で四十年近くを過ごしたのである（息子二人は、大学生の時に実家を離れて、東京住まいとなったが）。

途中、私が韓国の大学に日本語の教師として赴任することになって、家族そろって四年間、釜山《プサン》に住んだから、四人は海外生活を経験している。一九八二年から、八六年にかけてのことだ。日韓関係がまだぎくしゃくしていた頃で（いつだって、そうだともいえるが）、親日的な雰囲気のある釜山でも、ちょっとした文化摩擦の体験にはことかかない。その時から私と韓国の結びつきが始まり、それはやがて四十年ほどにもなる。帰国してからも、私も妻も、一年に複数回韓国へ渡り、その関係が途切れることはなかった。

八月二日の夕刻、その私たちの韓国行きのきっかけを作ってくれた鄭大均《チヨンテギユン》氏が、見舞いに来てくれた。在日コリアンだった鄭氏が韓国の大学で日本語教師を募集していることを紹介してくれたことから、当時、失業中だった私が韓国の大学で日本語を教えることになったのだ。その後、鄭氏とは大学の同僚ともなり、韓国で有名なモダンバレエの舞踊の教授、南貞鎬《ナムジョンホ》さんと結婚して新居を構える前は、私たちとアパートで同居したこともある。彼はその後、韓国の大学をいくつか移り、日本に帰国して都立大学の先生となった。韓国芸術大学の先生となった南さんとは、遠距離、別居の結婚生活を続けていた。

チョン（鄭大均）先生には、私と妻、子供たちもいっしょに、韓国生活中に（その後も）、とてもお世話になったのである。

私と鄭氏とは、一年に何度か、ある団体の評議員として顔を合わせているが、妻の場合は久しぶりである。あまり、見舞客の来訪を好まない（自分の病気になった姿を、知り合いに見られたくないのだ）妻が、来客を喜んだのは、そんな長いつながりがあったからだ。

ホスピス病棟の待合室の椅子やソファに坐っていると、聞くともなく、いろいろな話が聞こえて来る。日常の一般会話とは少し違った、深刻で、切実な話や、人生の断面を見るような話もある。意識障害を起こしてホスピスに入院していた高齢の女性の患者は、車椅子での生活が可能なまでに回復し、元の住居であるマンションに帰れることになった。しかし、帰っても看護、介護の援助を受けなければ、生活は維持できない。ガンの進行がとても緩やかだから、ガンと共存してゆく生活が可能なのである。

マンションの入り口に段差があるとか、近所の訪問看護ステーションやケアマネージャーの存在など、退院にあたって、ホスピス側の担当者と家族との相談事は必須であり、重大なのだ。車椅子の手配、通院のための介護タクシー、買い物やら炊事やら掃除洗濯の介護も必要である。ホスピスからの退院は、普通の病院からの退院とは違う。極端にいうと、介護ベッドや車椅子のある部屋だけが、別のところになっただけで、療養生活そのものは、大きく違ったところはない。ベッドや車椅子から解放される時はまず来ない。退院ではなく、転院というべきかもしれない。

それでも、ホスピス病棟から健在で、出て行くことができるのは、喜ばしいことだ。ホスピスの退院とは、一般的には臨終を意味する。平均的にホスピスの滞在（入院）期間は一か月か二か月ほどだという（三十日〜四十日間という統計もある）。もちろん、それよりも短い人もいれば、長い人もいるだろうが、平均の数字というのは、思っているよりも厳然としたものだ。たぶん、ホスピスの経営も、こうした確率の数字を前提に、費用や料金などが組み立てられているはずだ。亜子の場合は、まだ一週間だから、あと一か月と三週間はある。しかし、それは何の慰めにもならない慰めなのである（ホスピスの運営費は、一人の患者の入院期間は約一か月というコスト計算で経営しているらしい。これは私の邪推だが）。

本当の意味での退院は、少なくともホスピス入院以前の体の調子に戻ったことを意味する。私の妻の場合は、一人で立ち歩きができ、食事や排泄は何とか一人でできるようになることだ。車椅子の乗り降りもそうだ。そこまでは回復できれば、御《おん》の字だという私の言葉に、息子は、目標設定が段々低くなっている、と笑うが、それは仕方がないことだ。

何よりも、ホスピス病棟を出て行くことができること。これは、妻にとって決してたやすくはない目標だ。車椅子に妻を乗せて、病院の六階にある屋上庭園を散歩することが、今のところの私たちの夢だ。隅田川を見下ろす庭園には、回遊するための通路があり、四季それぞれに花が咲いている。妻に花の名を教えてもらい、「お父さんは、何にも花のことは知らないのね」といわれながら散歩することが、今生の希《のぞ》みとなっている。できることが少なくなるなかで、少しでもできることを保持しようとすること。それを高望みと笑う者がいるとは、私には思えない。

八月三日（木曜日）晴れ

今日、八月三日は、私たちの唯一の孫、新《あらた》の二歳の誕生日だ。本来なら、四人のジイジ（爺）とバアバ（婆）がそろってお祝いをしてやりたいところだが、今年は次男の嫁の八重ちゃんの実家の祖父母とともにお食事会をするという。唯一の孫と書いたが、二人目がもう八重ちゃんのお腹の中に入っている。予定は来年の三月ということだが、亜子バアちゃんはそれまで大丈夫だろうか。闘病の目標となればいいのだが。

昨日、私の友人たちにＳＯＳをメールで出したので、短い返事がそれぞれ着信している。みんな、亜子の回復を祈ってくれている。ただし、これは妻には伝えない。私の気が弱っていることは、妻にだけは内緒なのだ。私が病室にいないと不安になる、という。ちょっと遅くまで病室にいると、「そろそろ帰ったら」というくせに、一人きりになるとにわかに心細くなるのだという。夫婦の間で似たような心情が伝染するのかもしれない。

今日は、二時半から談話室で開かれるお茶の会に出てみた。ボランティアの人が三人、所在なげにしていたが、私が行くとコーヒーを淹《い》れてくれる。どうしてここのボランティアをしているのかと私が質問すると、妹がこの病院に入院した時、ボランティアの貼り紙を見て、応募したのだという。病院のボランティア活動は、つい先日亡くなった日野原重明名誉院長のアイデアで始まったそうだ（八月の中旬、聖路加病院の旧館の礼拝堂では、一週間にわたって百一歳で亡くなった彼への告別の会が開かれていた——後記）。

集会場には、しばらく私一人だったが、やがて車椅子で鶴のように痩せたご婦人がやって来た。無表情に近い表情で、これも病気のせいだろう。私が、妻がつい二、三日前に七階からホスピス病棟に来たと話すと、私も七階から移ってきたといい、空きがあるまで七階の病室で待たされたという。すると、すぐに十階に入れた妻は、運が良かったということか。いや、それだけ病状が切羽詰まっていたのだ、とも思い返す。ご婦人が食べ残した病院食を、付き添うご主人が食べるという。私もそうしたいと思う時もあるが、患者の食べた量も、病状を知るデータとなるのだから、我慢しているというと、ボランティアの人が、本人が食べた分を自己申告すればいい、ということに落ち着いた。ただし、私はそういう気持ちになれない。家族の分の食事を頼むことは可能だが、食事介助をしてもらわなければならない妻といっしょの食事時間であっても、家族団欒などになりっこない。聖路加病院の近所の飲食店での〝孤食〟は味気ない。我ながら食欲が細るばかりだ。

午後四時に次男の潮《うしお》が来たので、いっしょに病棟の主任のC先生に妻の容態についての説明を受ける。肺のレントゲン写真を見せられ、入院前のものとホスピス入院後のものとでは明らかに肺に水が溜まっているのが鮮明にわかる。心臓もやや肥大している。息切れのような呼吸になっているのは、肺呼吸が阻害されているためで、胸部と背中の潰瘍で火傷の痕のようになっていて皮膚呼吸ができないためだ。肺水腫という恐い病名を教えられる。心不全のおそれもある。そうなれば命取りだ。容態は決してよくない。月単位ではなく、週単位、日単位で悪化の方向へ傾いている。私たちに心構えをしておくようにという趣旨は、この前のH部長先生の言ったことと同じだ。

ずっとベッド（電動ベッドで、頭と足の部分を自分でV字状に上げ下げを操作できる。自動的に空気を出し入れするエアマットが敷かれていて、褥瘡《じょくそう》を防止することになっている）に横たわっているものの、ベッドの上でリハビリの運動をしたり、ドクターやナースに不満や文句を言い（時々、様子を見に来てくれるオンコロジーの若いH先生には憎まれ口をたたいている）、見舞客とも元気に受け応えしている亜子が、そんな瀬戸際の段階にあるなんては、信じられないし、信じたくもない。けれど、ホスピス医として多くの患者を見てきたドクターが大きな見立て違いをするとは思えない。

あらためて、最後通告に直面したようで、心に応える。空しい希望や期待は持たずに、現実と真向かうことが要請されているのだが、何も考えたくない。だが、無理矢理、最後の、最後の時を考えさせられ、それに脅える。

困ったことや、どうすればよいのか、助言が欲しい時には、私はいつも妻に相談してきた。解決策が見つからず、苦しんでいる時は、別に良い知恵や解決法が見つかるわけでもないが、妻に話をすれば、愚痴であったり、諦めであったりしても、心は少し晴れるのだ。ただ、この場合の不安や脅えは、妻に話すことができない。いっしょに泣ければ少しは楽なのかもしれないが、病と闘い、来るべき死の瞬間を少しでも遠のかせようと頑張る妻に悲観的な涙を見せるわけにはゆかない。病室の外に出て、涙を流し、洗面所で顔を洗って、表情を繕わなければならない。それが、より辛いのだ。

午後、築地の場外市場で火災が発生。古い建物が燃える。老舗のラーメン屋からの失火であるらしい。ホスピスの病室の窓からも、築地の本願寺の特徴のある尖塔屋根の向こう側に煙が立ち籠っている。夕方から近くの広場で盆踊りが始まった。火事の現場とは目と鼻の先だが、急遽中止とはならなかったらしい。夜遅くまで、太鼓と民謡の盆踊り歌が聞こえ、災いとお祝いが同じ場所で見事に同居しているという光景が出現する。禍福は糾《あざな》える縄の如《ごと》し、か。夜になっても白々と火災の名残の煙が見えるのに、人は集まり、太鼓、鉦《かね》に合わせて踊っている。常磐炭鉱節、東京音頭などの歌が、ヘリコプターの爆音のなかに流れてくる。

北海道の代表的な盆踊り歌、北海盆歌では「ドッコイジャンジャン、コーラヤット」というおはやしが、飽きるほどに繰り返し、繰り返し流れ、耳にタコができるほどだった。そんなことを亜子に話すと、九州（長崎県）では流行歌でみんな盆踊りをしていたという。それぞれの地方色があるものだと、何となく納得する。

私が北海道生まれ、亜子が九州生まれと、生まれ育った風土は南北に分かれている。魚や野菜や果物の嗜好がかなり違っているのは、生まれた土地のせいだろう。たとえば、私は鮭やタラコ、スジコ、毛ガニなどに目がないが、亜子は鯛やカマスなどの白身魚の刺身や焼き魚、鯵のタタキや牡《か》蠣《き》などが好みで、大阪にもいたことがあったので、サバのバッテラ寿司や、タコの入ったたこ焼きや、粉モンのお好み焼きが好きだという。（築地のマンションのキッチンで、右手を不自由そうに使って、小麦粉を溶いて、ネギを刻み、お好み焼きを焼いていたのが、亜子の最後の料理となった）。

時々、こうした好みで衝突したことがあった。一度、亜子が子持ちのニシンを買ってきたことがあった。夕飯に焼いたニシンが出たのだが、身がやけに細い。聞いてみると、内臓といっしょにニシンの卵は捨ててしまったという。亜子は、ニシンの卵がカズノコだということを知らなかったのだ。私がガッカリしたことはいうまでもない。

水産物、野菜や果物などで、味覚の差はかなりあったが、長い間の夫婦生活で、徐々にその差は埋まっていった。私は牡蠣（貝）やビワやピザを少しは食べるようになり、亜子はホッケやシシャモのおいしさを知った。これが夫婦の年輪というべきものなのか。

午後九時過ぎになっても、盆踊りは続き、私はひゅうひゅうと苦しそうな息遣いをして眠る妻を病室に残し、飼い猫のジャマコの待つマンションの一室に帰る。今夜も長い、苦しい、辛い夜が始まる（やがて私は、妻の残していった睡眠導入剤を飲むようになった）。

ガン患者となって妻の亜子が、怒りっぽくなったのは気づいていた。時には、人格が変わったのではないかと思われるほど、わがままというか、自己中心的になった。胸と脇の潰瘍の手当がどうしても自分一人でやれなくなった時に、私に介助を求めたのだが、それは命令口調だった。形成外科のナースにちゃんと手順や方法を聞いて、家でその通りにやれというのだが、もちろんそれだけでうまくやれるはずがない。無理なことを要求しているなと、少し腹も立ったのだが、病人と地頭には勝てぬと、いわれるとおりに古いガーゼを剝ぎ、軟膏の塗り薬を塗り、包帯をしてテープで留めるのだが、患部が広すぎて、時間もかかる。その間、妻は上半身裸でビニール・シートを敷いたマットレスの上に仰向けで寝たままだ。中腰で手当をするのだが、私の額からの汗がぼたぼたと落ちる。妻は、痛い痛いと叫び、ヘタクソ、何をやっているのかと罵る。腰が耐えられないほど痛くなって、ベッドの端に坐ろうとすると、手を抜くな、楽をするなと、とがめる。腹が立つやら、空しいやら、悲しいやらで、病人への同情も吹っ飛びそうだ。

たった二日で妻も私も音《ね》をあげて、近所の看護ステーションから専門の訪問看護師さんに毎日来てもらうことにしたのだが、そのまま無理を続けていたら、私は妻を置き去りにして、逃避してしまったかもしれない（そんなことはしないつもりだが）。それほど大変な手当だった（最初は、ベテランの看護師さん二人が、二時間ほど時間をかけて、手当を行なっていた。その後、聖路加病院の看護ステーションからの訪問看護となり、その後は入院となってしまったので、近所の訪問看護ステーションからの訪問看護は、二か月ほどにもならなかったのだが、所長さんと一日交代で来ていただいたAさん（妻のグチの聞き役にもなっていただいた）にはとてもお世話になった。有り難く思っている。

ガン患者が、一時、怒りっぽくなり、告知されてから、茫然自失や悲哀や激怒といった感情の高まりの動きをみせることは、どんな本にでも書いてある。人格が変わったり、会話が食い違い、コミュニケーションが取りにくくなったりするケースも多くあることは、常識なのだろう。だが、自分の妻が、そういった変化を見せるとは、予想していながらも予想外だった（普段は、穏やかで、あまり物事にこだわらない性格だった）。少しの失敗や間違いについて、私を含め、人を咎《とが》め、怒る場面がしばしば見られた。ふるさと納税の謝礼の宅急便の送り先が間違って配達された時、電話口で送り主の係の人に怒声のような叱声を浴びせているのを聞いて、私はいたたまれない思いがした。こんな怒り方をする妻ではなかったはずだ。病気のせいだと理解されるはずもない。うるさく、クレイジーなクレイマーだと思われているだろう妻が、とても哀れだった。

妻とのコミュニケーションの取り方が難しくなった。そのことをあまり意識していなかった（意識したくなかったということもある）私は、これまでのままの生活のつもりだったのだが、本質的なところで違ってきていたかもしれない。それを認めたくない気持ちが私には大きく、妻との会話がしばしば言い争いのようになることもあった。きちんと説明しているつもりなのに、頑として自分の意見に固執する妻の言い分は、私にはとても理不尽なものと思えたのだが、それも病気がいわせる言葉なのだろうか。

妻の死後に、私の悲しみが強まらないように、あえて憎まれ口をたたいているのではないかとさえ思えた。あるいは、私がそう思おうと思っていたということか。病気への憎しみと、妻への憎しみは区別することができない。荒い言葉を投げた後は、反省し、妻への不憫感が募るだけなのである。

八月四日（金曜日）曇りのち小雨曇り

妻の手帳の住所録を見ながら、親しかった人たちにメールを送ったり、電話をした。ホスピスに入院したことを伝えると、みんな割合と静かに受け止めてくれる。乳ガンが発症した時に、伝えておいたから、こんな日も来るものだろうと、予測していたのかもしれない。私も含め、家族のほうが希望に引きずられて、深刻に受け止めていなかったかもしれない。

電話をしているうち、ついつい涙声になり、泣きごとになってしまって、困惑した。しかし、こんな場合に、感情的になっても仕方がないという、開き直った気持ちもあった。あるいは、同情心を得たいという気持ちも。いずれにしても、ホスピス病棟に入った妻に付き添う夫というのを、しばらく務めなければならない。そのあとは、悲しみに暮れる夫、というのを。

埼玉にいる次姉に、しばらくの間、泊まり込みで来てもらうことにする。妻の看病というより、私のための精神的、生活的ケアのためだ。自分でいうのも何だけれど、私は本質的に人に甘える性質だ。五人兄弟の四番目、次男という兄弟の順序から来るものかもしれない。幼い時は、母親や二人の姉に甘え（二歳下の妹も、私にとっては三番目の姉のようなものだ）、結婚しては妻に甘える。そういえば、自分が甘えられる立場になったことはほとんどない。いや、そんな立場に立つようになることからいつも逃げていたような気がする（妻からは、しばしば「私は、あなたのお母さんじゃない！」と叱られた）。

わが人生で心残りなのは、娘をもうけなかったことだ。幼い時は母に甘え、成人しては妻に甘え、老いては娘に甘える。これが私の〝理想的〟な一生だったのに、最後あたりのところで、狂ってしまった。さすがに、息子の嫁に、全面的に甘え、依存して生きることには、ためらいと遠慮がある。身勝手な老人の繰り言である。

これから自分はどうなるのだろうか。そう思うたびに、病床の妻のことよりも、自分の行き先のことを優先して考えている自分に、忸怩《じくじ》たるものを覚える。私より、たぶん先に逝く妻のことを可哀相に思う半面、取り残される自分のことを考えると、どうしようもない孤独感に襲われそうだ。まだ、亡くなっていない先に、こんなことを思う私はエゴイストなのだろうか。そうでもあり、そうでもないような気もしているが。

札幌で暮らしていた私の父は、母が朝の食事の支度の途中で気分が悪くなったと言ってソファに沈み込んで死んだ時に、その日に配達されるはずの配食センターの昼食のキャンセルを姉や妹に頼んだというが、そんなことでも気を回さないといたたまれなかったのだろう。妻に先立たれることに関しては、考えてみれば父が先輩だった。その後の父の淋しさや孤独感をまったく思いやることができなかった私は、父のよき理解者ではなかったのだ。

九十三歳で亡くなった父親を、半年ほど前、札幌の病院に見舞いに行ったことがあった。痩せ細って、意識も少し朦朧としたような父を見て、胸が詰まる思いがしたが、最後に退室しようとした時、父が「ありがとう」と言った。父からそんな言葉を聞いたことがなかったので、驚くとともに、悲しかった。警察官だった、強くて怖い父親だったのに、すっかり穏やかで、弱々しい老人となっていた。姉夫婦や妹に見守られて、父が亡くなったのは、それから数か月後のことで、母親が先立ってから四年目のことだった。

ホスピス関係の本を何冊か読んだ。この病棟に来るまでは、一度も手にとってみようなどとは思わなかった種類の本だ。ホスピス＝緩和ケアということさえおぼろげにしか知らなかった私はにわか勉強を始めた。看護・介護・ホスピスについてのことなど、今まで関心も興味もまったくなかったのに、必要に迫られ、急に手を伸ばしたのである。

ホスピアケアを医療行為として認めるようになったのは、きわめて新しい。ヨーロッパで始まったのが、一九六七年、シシリー・ソンダース女史による、ロンドンのセント・クリストファー・ホスピスが、その嚆矢《こうし》である。日本ではそれから十年以上遅れて、一九八一年、聖隷ホスピスが、病院内で独立した施設を持った施設ホスピスが生まれた。次いで一九八四年、淀川キリスト教病院に病棟型のホスピスが生まれることになった。

施設ホスピスと病棟型ホスピスとは、どんな違いがあるのだろうか。病気を治すことを目的としている一般的な病棟と、ホスピス病棟とは、そのコンセプト自体が異なっている。治療を主要な目的としないホスピス病棟と、一般病棟が同一の場所、同じ病院内にあることは、齟齬や矛盾が生じないだろうか。といって、独立性の高い施設ホスピスにも問題がないとはいえない。それは死に近い老人たちをまとめて収容する老人ホームとどう違うのだろう。〝姥捨山〟と称される養老院とホスピスとを区別する、どんな相違があるのだろうか。

聖路加国際病院のホスピス病棟は、日本のホスピスとしては早い時期に開設されたもので、これは病院長だった日野原重明氏が、ホスピス運動の熱心な活動家だったせいだろう。

『南ヴェトナム戦争従軍記』などのルポルタージュ作品で知られる岡村昭彦氏が日本のホスピス運動の草分けの一人であり、彼の遺著である『ホスピスへの遠い道』を読んで、世界のホスピス運動の歴史を知ることができた。この本の副題が「現代ホスピスのバックグラウンドを知るために」とあるように、人権運動として始まった十九世紀のアイルランド・ダブリンでのホスピス運動が、世界中へと広がっていった宗教的、思想的、文化的、社会的な背景をたどり、現在のホスピスがそれらの国でどんなふうに営まれているかをルポルタージュしている。印象的なのは、その宗教的な背景と、人権運動としてのホスピスという、社会的なバックグラウンドだ。人間の誰にでも訪れる「死」にさえ、さまざまな格差がある。人間の最後の安息地である「死の床」にも、貧者・弱者・少数者・被差別者は、安らかな環境は整えられていない。こうした現実を見て、岡村氏は、世界各地でのホスピス運動を日本に伝え、日本でのホスピス運動の展開を目指そうとしたのである。

日本のホスピス活動の草分けの一つといえる聖ヨハネ桜町病院のホスピスは、病棟のなかの四つのベッドから始まった。そのことは、『河辺家のホスピス絵日記』という本で知った。河辺家といっても夫婦二人だけだが、聖ヨハネホスピスの一室に同伴で入った二人が、文章とイラストを描いてドアの前の壁新聞として貼り付けたものを、書籍化したものだ。河辺氏は、内臓のあちらこちらに転移した末期ガン。奥さんが、ホスピスでの出来事をユーモアたっぷりにイラストで表現しているのである。稚拙だが、味わい深い絵と文章。不特定多数の誰かに、何かを伝えることが、伝える方にも、伝えられる方にも、とても力になるという実例だろう。あまり知られることのない、ホスピス施設での実際の生活を浮かび上がらせてくれるということで、貴重な記録というべきだろう。

聖ヨハネ桜町病院は、上林暁の小説『聖ヨハネ病院にて』の作品の舞台であったことに、私は気がついた。私はこの作品について、少し長めの文芸評論を書いたことがあった。その時に主人公（作家自身）の病妻が収容されていたのが、桜町にある聖ヨハネ病院であることを知ったのである。聖ヨハネ病院という名前の病院はいくつかある。調布市の桜町にある聖ヨハネ病院が、その作品の舞台なのだ。小説家の主人公の妻は、回復の見込みのほとんどない病状で聖ヨハネ病院に入院する。食糧なども不足する敗戦後の社会状況のなかで、妻の看護をする夫の心根が淡々と描かれるのだ。

病妻ものの私小説作品としては、外村繁の『夢幻泡影』の文庫版の解説を書いたこともあった。病妻を抱えた主人公が、炊事、洗濯、子どもの世話など、家事全般をやりくりし、妻の看病もこなさなくてはならないという貧乏で、かつ悲惨な生活を記録した私小説作品だった。そんな絶体絶命的な生活のなかでも、ユーモアと心の余裕が感じとられることが、これらの私小説の取柄だ。私のこの文章も、そんな味わいを目指している。しかし、無理だ。考えは暗い方へ暗い方へと流れてゆく。年をとってから涙もろくなったことは自覚しているが、ちょっとのことでうるうると涙が溜まる。老人性鬱病かもしれない。

文章を書いていれば、不安はなくなるかといえば、そんなことはない。ちょっとの間、書いている文章のほうに気を取られて、少し不安がまぎれる程度だ。これがいつまで続けられることか。筆が止まる瞬間が来る。それまで、私は眠っている亜子のそばで、こうした文章をパソコンで打ち続けているのだ。

八月五日（土曜日）曇りのち晴れ

岬《みさき》と嫁の圭恵《よしえ》ちゃんが、卓上カレンダーを持ってきた。入院したのがいつだったやら、今日が何曜日だったやら、とんと見当がつかなくなった。それでカレンダーを持ってくるように頼んだのだが、壁に貼るような大型のものは、もう八月に入っているので、今年（二〇一七年）のものはなくなっていたという。文字が小さくて、亜子からは見えにくい。別段、スケジュールの問題があるわけではないので、私が読み上げてやればいいだけのことだ（リハビリや検査の日に印をつけていたが、いつまでカレンダーを見続けることができるのだろう）。

八月三日、五日、七日、それぞれ孫の新《あらた》の二歳、圭恵ちゃん二十九歳、岬、三十九歳の誕生日だ。やはり、私の夕食兼晩酌につきあってくれた岬は、小さな花籠を持参していた。家に帰って二人で誕生パーティーをやるのだろうが、父親のわがままで遅くまで引き止めてしまった。人は生まれ、人は死ぬ。禍福は糾《あざな》える縄の如《ごと》し。何度も何度も、そう考えて人生や、世界や、宇宙に真理に触れようとする。いささか、大げさのようだが。

昨日は、亜子の古い女ともだちの修子さんが、見舞いに来てくれた。昔は、家族ぐるみにつきあいがあり、両家族でいっしょに高尾山にハイキングに行ったり、自宅の庭でバーベキューなどをした。妻とは大学時代からのつきあいで、二人が家庭を持ち、同じ年頃の子どもたちを持って、交流は続いていた。近年は、子どもたちも成人し、家族ぐるみの関係は疎遠になったが、妻と修子さんの関係は、気の置けない女友達として、おりにふれ続いていたようだ。ちょっとした行き違いがあって、ここ数年間はお互いの訪問なども間遠になったようだが、私が思いつく、妻のもっとも古くからの友人は彼女だ。

入院したことを伝えると、すぐに病院に来るという。妻の了解をとっていないので、ちょっとあわてるが、来たら来たで、ちょっとしたわだかまりもいっぺんにとけてしまうだろう。そう予想していたら、まさにその通りになった。互いの亭主への不満や、子どもたちの愚痴を言い合える関係である。

修子さんとその家族には、亜子とまだ幼かった息子二人を連れ出してキャンプをしたりして、とても世話になった。子どもが小学生程度の頃、私は非常勤講師と執筆活動のため、土曜・日曜もない仕事ぶりで生活費を稼がなければならなかった。世間的には休日であっても、私には休日はなく、時間の余裕があれば、本を読んだり、昼寝をしたかった。それで、自分だけ留守宅を守るということにして、妻や子どものことは放りっぱなしで、ずいぶん妻には詰《なじ》られたものだ。私は覚えていないのだが、「子どものことで、俺に心配をかけるな」と怒鳴ったということを、折に触れ恨みがましく繰り返され、閉口した。口は災いのもとで、そんな一言への怒りをいつまでも根に持っているのが女なのかと、やりきれない思いがした。もちろん、悪いのは私の方なのだが。

妻の古くからの文学仲間の大田道子さんと中村桂子さんがお見舞いに来てくれた。大学時代から詩や小説を書いていた妻は、『朝』という同人誌に入っていた。あまり、たくさんの作品を発表したわけではないが、月に一回の同人の集まりには、最初の頃は近所に住んでいた宇尾房子さんと、宇尾さんが亡くなってからは一人で車を駆って、飯田橋近辺で行われる読書会に出かけていた。自分たちの同人誌に発表した作品を互いに合評したり、芥川賞や直木賞の受賞作などの話題の作品を取り上げ、文学老年の男女がわいわいと議論するのが面白かったのだろう。昼過ぎから出かけて、帰ってくるのは夜遅くだった。読書会の後の食事会とおしゃべりが、いつもは私と二人きり、あるいは留守宅に一人きりの妻にとって、唯一といっていい気晴らしだったのである。

ただ、これも、私が妻の外出にいい顔をしないということで、悶着の一つになることもあった。私はそれほど嫌がったとは思っていないのだが、妻は、私が妻の外出をとても嫌がっていると思っていると思っていたようだ（それは必ずしも誤解ではないのだが）。

確かに昼食や夕食の支度もなしに妻に出かけられるのに不満や不平を持たなかったわけではないが（お弁当やパンなどを用意してくれることが多かったが）、それよりも同人誌に作品を発表することで、自己満足しているようなフシが同人雑誌の集まりには見られることが、私には物足りなく思え、そしてそうした不満が顔に現れたのではないかと思っている。プロの物書きを目指すには、少し微温的過ぎる。歳をとってからはともかく、往年の私や妻には、物書きになるという情熱と欲望がみなぎっていたはずなのである。

八月六日（日曜日）晴れ

飼い猫のジャマコ（メスの三毛猫）の様子がちょっとおかしい。私がマンションの部屋に帰る頃に、玄関のフロアにちょこんと坐って、私を待っている。朝、出かける時に缶詰とカリカリのキャットフードと水はきちんとやっているから、お腹が空いているとか、水が飲みたいといったことではないはずだ。やはり、飼い主の心情に影響されて（共鳴して?）、不安な心持ちとなっているのか。心持ち、毛も抜け、痩せてきたような気もする。我孫子の家では、時折、脱走して我が家の広い庭や、隣の畑を思い切り走り回っていたから（「あ、またジャマコが家出した」というのが妻の口癖のようになっていた）、マンションの一室に、一人（一匹?）で閉じ込められたような生活では、気詰まりとなり、気鬱となっているのはしょうがないことかもしれない。

ジャマコという名前は、私や妻が何かしていればいつもジャマをする（掃除の時には、掃除機にまとわりつく。パソコンのキーボードの上を歩く、乾いて、たたもうとする洗濯物にじゃれる）から命名したのだけれど、息子が最初に貰い子してきた時、ジャンヌ（ダルク）などというあまりふさわしくないと思える名前を、呼びやすく改名する必要があったからだ（独身時代の長男が、最初、アパートでの部屋で飼っていたのだが、持て余して我が家に置き去りにしていったのである）。妻は、ともすれば、以前の先代のメスの三毛猫の名、コネチャ（ねこちゃんを逆さまにした）と呼ぶ。「コネチャ、こっちにおいで」、「コネチャは、十年以上前に死んで、庭に埋めた。これはジャマコ！」（妻の頭は大丈夫か？）。ある日の、私と妻の他愛ないおしゃべりである。

我が家の最初の飼い猫であるコネチャは、ある日、我が家の庭から飛び出して散歩に行き、どうも車に轢かれたらしい。ベランダのガラス戸の向こうで気弱な声で私たちを呼んだので、あわてて室内に入れると、カッと血を吐いた。車でペット病院に連れてゆく間に、冷たくなり、動かなくなった。瀕死の状態で、私と妻に助けてもらおうと、よろよろと帰って来たコネチャはけなげで、不憫でならなかった（ジャマコの「家出」を心配するのも、そんな辛い経験があったからだ）。

ジャマコはメスの三毛猫として、コネチャの後継といってもよいほどよく似ていた（尻尾が短く、巻いているところだけがコネチャと大きく違っているが）。そんなジャマコも、もう十四、五歳になる。三番目に我が家の飼い猫となった、近所の溝のなかでニャーニャー鳴いていた毛むくじゃらのピピタ（オス。呼び名は時々ペペタともなった）が、十三歳ほどで死んでしまったのだから、ジャマコは、一番の長命猫ということになる。

十三年ほど前、亜子が家の近くの角の側溝で鳴いている子猫三匹を見つけた。オス一匹とメスの二匹らしい。通りがかった人がメスの子猫を抱いてもっていったので、弱々しく、不細工なオスとメス一匹ずつは、必然的に妻が引き取ることになった。ただ、前のコネチャの死でペットを飼うことに懲りていた妻は、ボランティアの人に連絡して、二匹とも引き取り手を探してもらうことにした。引き取り手が見つかるまでボランティアの人が預かるということになり、それまでの二、三日間だけ、二匹が我が家に滞在したのである（その時にはすでにジャマコがいた）。スポイトでミルクを吸わせ、綿棒でお尻をくすぐって便や尿を出させる。手のひらに乗るほど小さく、目をつぶって母親の乳房を吸おうとする二匹だったのだ。

いったん、手離してみると、とりわけ、毛もちゃんと生えそろっていないような死にかけの不細工なオスの子猫を誰がもらってくれるかと私は心配になった。すでに情が移っていたのだ。目ヤニがたまって、目もろくに開いていないし、母乳はもちろんないし、排泄だってままならない。妻と相談してというより、私が頼み込んで（オス猫の哀れっぽさを極度に強調して、妻の同情心を誘った）、一匹を我が家に引き取ることにして、ボランティアの人から再びオス猫を返してもらうことにした。これが、その時、ピーピーと鳴いていたから、ピピタと名付けたオスの子猫の我が家の〝家族入り〟の顚末である。少し大きくなって、毛がもじゃもじゃと生えそろったところで調べてみると、ノールウェジアン・フォーレスト・キャットという〝洋猫〟の風貌が現れてきた。それと和猫との雑種なのだろう。性格はおとなしいと書いてあったが、おとなしいどころか、知らない人はもちろん、息子たちが来ても、洗面台の下の物入れに自分で戸を開けて閉じこもる。庭や外には絶対出ないし（「家出」の心配はない）、私と亜子がいる時だけ、くつろいだ姿を見せる。おとなしいというより、極度に臆病で、ものぐさなオス猫に育ってしまった。私たちの育て方が悪かったせいだろうか。しょっちゅう粗相をして、シモの世話は私の担当である。妻にいわせれば、ピピタは「（夫である）私の猫」であり、ジャマコはあくまでも「息子の猫」なのであった。

同じ家族なのに、ジャマコとピピタは、あまり仲が良くなかった。ジャマコがピピタを邪険にしていたようなフシがある。お嬢さん猫に、下男猫が懸想していたのかもしれない。そんなふうに飼い主には見えていたのである。

亜子の乳ガンが判明した頃、ピピタの様子がだんだん弱ってきたようだった。食欲がなくなり、オシッコやウンチを漏らし、食べ物を少し吐いている。ある朝、目覚めたら大量の血が床を汚していた。「お父さん、大変！　ピピタが怪我している」。あわててふらふらしているピピタを抱きあげてみると、ぼさぼさの毛に玉になって血が固まっている。近所の動物病院に連れてゆくと、女医さんは、特に悪いところは見当たらないといい、血はピピタが自分で性器を掻きむしったり、齧ったりしたからではないかという。私は自分のことのように恥ずかしくなり、抗生物質の注射をしてもらって、そそくさとピピタを連れ帰った。老猫によくあるように、腎臓が悪くなり、尿の出が悪くなったので、性器を自分で掻きむしったり、齧ったりしたのではないか、と私は考えた（ピピタは、睾丸を取って去勢していた）。腎臓病という〝同病〟を相哀れんだのである。

食欲不振で、水ばかりを飲み、ぐったりしているという病状は一進一退して、ついに日当たりのよい窓辺で寝るだけの状態となった。私と妻は、子猫の時のピピタにそうしたように、スポイトに流動食を吸い込ませ、ピピタの口に射し込んだのだが、彼は嫌がって暴れ、口を閉じたり、吐き出したりした。あまり嫌がるので、無理強いしているこちらのほうが、罪深く感じる。

数日後、ぐったりしているピピタを居間の私たちの椅子とソファの傍に電気毛布を敷き、その上で寝かせて見守るようにした。死期が近いと感じられた。時々手で触って、体温のぬくもりと呼吸のあることを確かめた。もう、ほとんど動かなかった。二、三日前までふらふらと立ちあがって水を飲みに行っていたのだが、それもなくなった。テレビを見ていて、ピピタの様子を見た。変わりがない。しかし、呼吸音がない。「死んじゃったみたい」、私と妻はそう言いあった。私としては、乳ガンの妻の前で、猫の死をそんなに悲しむわけにはゆかなかった。コネチャの時は、涙を見せない、冷静な妻に見せつけるように、毛布に包んだ猫の死骸を抱いて、長い間、私は涙を流し続けた。ピピタの死が悲しくなかったわけはない。でも涙は流れなかった。喪失感も、それほど深くはなかった。猫の死より、人の死のほうが深刻であることは当たり前だ。

私はピピタを毛布でくるみ、庭の片隅にある「ペットたちの墓」に穴を掘り、埋めた。そこには、火葬にしたコネチャの小さな骨の入った骨壺と、長い間（十五年間ほど）買っていたメス犬のチロ（息子たちが学校の門前に棄てられていた犬を拾ってきた。私はその日の気分次第でクマとかゴンゾウとか、呼んだ。最後はチロクマになった）の骨壺が埋まっているはずだ。ごく短命だったハムスターのQちゃんもいる。ブロック二つを並べ、その上に天使の置物と花瓶を据えた。妻がそれに時々庭の花を供えていた。

この次に、ここに埋められるのは、ジャマコしかいないだろう。我が家の飼い猫（犬）列伝も、ジャマコで大団円を迎えそうだ。

昔のコネチャほどではないが、ジャマコも気が強い（私はコネチャには、何度か爪と牙で傷つけられた）。独立独歩、奔放不羈である。抱いてやろうとしても、そばに寄ってこない。抱き上げると、逃げる。人の手からはエサを食べようとしない。可愛げがないのである。

そんなジャマコが、忠犬ハチ公のように、築地のマンションの部屋で、私の帰りを待っている。自分から進んで、私に抱かれようとする。嬉しいだけのものではない、切ない感情が、私の心を横切る。妻と、私と、ジャマコでは、誰が一番最後まで長生きするだろうか。いつかは、ジャマコを息子に返す時が来るのかもしれない。

病気や障害は、個性である。こんな言葉を何度か、読んだり聞いたりしたことがあったような気がするが、ここに来て、はじめてその言葉の意味が実感された。亜子の炎症性乳ガンも個性であり、人気歌舞伎俳優の市川海老蔵氏の妻で、元人気アナウンサーだった小林真央《まお》さんも、同病でありながら、それぞれくっきりと個性を持った病気なのだ。

真央さんが長い闘病の果てに、その死が報道されたのは、ちょうど亜子が入院中のことで、ニュース・ショーなどでそのことを伝える番組があると、私はすぐにチャンネルを変えた。それまでテレビや週刊誌は、真央さんの闘病生活のブログ（とてもじゃないが、私はそれを見ることはできなかった。不安や恐怖を煽りたてられるような気がして）の紹介や、夫の海老蔵さんや子どもたちの様子を美談調に伝えていたのだが、私の妻のような同病の患者の視聴者のことなど、まったく頭にない番組制作者の側に、文句の一言でも言いたい気持ちだった。闘病生活を、美しく脚色することだけはやめてほしい。炎症性乳ガンの闘病がどんなに辛く悲惨なものであるかは、当事者が知らないはずはない。けなげで、努めて明るく振る舞っている真央さんの姿勢や態度の裏に、どれだけの悲哀や苦しみがあるかを、美談として仕立て上げたい人たちには、想像することができないのだろうか。所詮、他人の死は他人の死にすぎないということだろうか（私だって、これまでそんなふうにしか、他人の死の情報を受け取っていなかった）。

昨年、女性作家のなかで立て続け、乳ガンで亡くなった方が続いた。杉本章子さん、宇江佐真理さんなどだ（時期が近接していたから、そう思えたのだ）。生前、二人が雑誌で対談していたのを読んだ。乳ガン体験記だ。杉本さんは、そのなかで、乳ガン治療の定番である外科手術を受けなかったという。彼女は、幼少期の時から足が不自由で、松葉杖を使っていた。乳ガンの手術では、乳房と脇の下のリンパ腺を取り去る（郭清する）のが常道だ。すると、脇の下の筋肉を取ってしまえば、松葉杖を脇の下に挟んでの歩行はまったく不可能となる。だから、彼女は、外科手術を選択せず、いわば治癒することを放棄した。最後には抗ガン剤治療は受け入れたようだが。

松葉杖、車椅子で過ごしてきた彼女にとって、それらを使えなくなることは、自分の個性や生存そのものを否定されることだったかもしれない。だから、脇の下の筋肉をリンパ郭清のために取ることを選択しなかった。ガン細胞の増殖がわかっていたのに。

ガンよりも、病気よりも、障害よりも重要なものは、その人の個性的な生のあり方だ。そして時には、病気や障害そのものが、その人のあり方自体だ。妻の炎症性乳ガンも、そんな妻の存在自体ということだろうか。胸や背中のひどい潰瘍も、腕のリンパ浮腫も、そう考えればただ憎むべきものだけともいえなくなる。それを含めての私の妻の亜子なのだから。これも、綺麗事の言い方でしかないのだろうか。

八月七日（月曜日）晴れのち曇り

月曜日の午後二時からは、談話室でチャペル・アワー。どんなことをしているのかと覗きにゆくと、チャプレン（病室牧師）さんのお話と、ピアノ伴奏の賛美歌を歌う時間だった。クリスチャンでなくても、もちろん参加自由で、賛美歌以外にも「夏の思い出」や「故郷」のような歌をみんなで歌った。

これらの歌を聴いていたら、どうしても涙ぐんでしまった、困った。ここに入ってから思ったのだが、ホスピスというのは、思っているよりも涙の少ない場所のような気がする。手術室のある四階や、七階（ガン病棟）のラウンジの方が、涙が多かったような気がする。十階のホスピスにまで来ると、もはや涙も涸《か》れ果ててしまうのだろうか。医者や看護師さんなどは、不用意に涙なんか見せないように訓練しているかもしれないし、患者さんも、付き添いの家族も、もうめそめそと泣くような段階を通り抜けてきたということだろうか。その分では、私はまだまだ〝悲しみ病棟〟においても新参者だ。大の男がめそめそしているのはみっともないという羞じらい感がないわけではないが、妻の重篤な病気に、泣いてなぜ悪いという開き直った気持ちもある。ただ、涙腺の緩さは、年齢のせいもあるかもしれない。

台風十号が通り過ぎたのに、太平洋を迷走していた台風五号が、ようやく本土に近づいてきた。愛知県あたりに上陸するらしい。自転車並ののろさで、一回転したり、ジグザグに迷走したり、あっちこっちに彷徨したり。早く、海上で熱帯性低気圧になってほしいものだと思っていたのに、暴風雨の勢力を強めて日本列島に上陸とは。ますます、羅針盤のない海図の世界に入り込んだ時代(世界)の象徴のような嵐である。

夜、岬が来た。会社で三十九歳の誕生日を祝ってくれたという。わが息子も、もう四十男なのか、一瞬、感慨が湧く。母親の顔を見て、すぐに会社に戻り、社員たちが開いてくれる誕生パーティーに行かなければという。母親の病気の心配と、父親の精神状態の心配をしなければならない。会社の経営や将来のことにも心を砕かねばならない。そうとわかっていても、父親につきあってくれないことを、少しひがみたくなる。

夕食の食事介助の時、ナースの白衣のポケットのなかの携帯が、しきりと鳴るので、とても気になる。食事の終わり頃なので、呼び出し電話に出てもいいと、妻がいうのだが、看護や介助の途中ではよほどのことでなければ、他のことはしない。自分の担当の患者からのナース・コールではなく、よくしつこくコールをする患者さんだという。夜の七時頃になると、ただ看護師さんを呼び出すためだけに、ナース・コールを押し続けるのだという。少し、譫妄《せんもう》症状があるらしい。そういえば、病棟の廊下のソファで休んでいたら、ナースが、部屋のなかの患者に「今日はここに泊まるんですよ。家には帰らないんですよ」と、子どもにいいきかせるように大きな声で話していた。耳が遠く、聞き分けのない患者さんらしい。

昼間は、ホスピス病棟も、ドクターやナース、ボランティアの人たちもいて、結構賑やか（?）なのだが、夜になると、夜勤のナースと、一部の家族の人たちぐらいで、ひっそりと静かになる。個室の病室にいても、病棟の静けさは感じるもので、陽が落ちて、照明を落として、薄暗闇があたりを包み始めると、病人の不安感や孤独感は、いっきょに増してくるのだろう。

ただ、当直のナースたちは、ゆっくり孤独感を感じている暇などはない。患者一人一人に定時間に体温、血圧、酸素濃度を測り、服薬を管理し、排泄を処理し、褥瘡を防ぐために何度も姿勢を変えさせなければならない。亜子のように、胸部に手を回して体を持ち上げることができない患者は、体の下に敷いたバスタオルを二人で持ちあげるようにして、姿勢を変える。「よいしょ」と声をあげてやるほどの重労働だ。痰を取るのも、汗を拭くのも、すべてナースの手を借りなければならないのだ。

斎藤の義兄（姉・澄恵の亭主）が、末期の胃ガンで姉が泊まり込みの付き添いをしていた時、トイレなどにちょっと席をはずしただけなのに、ナース・コールを押し続けて、姉がいないと訴えたという。大酒飲みで、人情家で、男っぽい大工職人だった彼が、そんな気弱な患者になったということは信じられない。入院した病人の夜の孤独感には、想像もつかないものがある。ナース・コールは命の綱。妻は、自由に使える左手にナース・コールの押しボタンを握って眠るのである。

八月八日（火曜日）晴れ

台風五号が、紀伊半島から上陸し、関東まで暴風雨圏内となった。幸い、築地界隈は、真夜中にさあっと風雨が通り過ぎたようで、朝、目覚めてみると、厚い雲は垂れ込めていたものの、嵐の中心は通り過ぎていた。

安岡明子さんが、亜子の見舞いに来てくれる。韓国の大河小説『太白山脈』（趙廷来・原作）や『軍艦島』（韓水山・原作）、そして『ソウルにダンスホールを』（金振松・原作）をいっしょに翻訳した、韓国語の翻訳仲間の一人だ。彼女もガンを患っている。長い間、私のいた大学で韓国語の講師を勤めていたが、昨年度で辞めたというから、どうしたかと問い合わせると、胃ガンで手術をしなければならないという。ちょうど、妻と同じ頃の〝ガン同窓生〟だ。しばらく交遊関係が途絶え、故郷の鳥取に行ったという噂もあった。独り身だったので、親族の住んでいるところに帰ったというのである。妻のことを連絡しなければと、元の住所のところに電話をしたら、まだ、帰郷せずに抗ガン剤治療を続けているという。胃の何分の一かを摘出して、その後抗ガン剤治療に入って三クール目だという。ガン細胞を取りきれなかったのか、転移の予防のためか。一時痩せたのだが、体重はやや戻ったという。だが、もともと痩身なので、太ったという感じはせず、顔色もあまりよいとはいえなかった。亜子とは、同病相憐れむ、といったところか、病気の話ではずむ。ただし、通院で抗ガン剤治療を受けているのと、ホスピス入院では、ちょっとステージやランク（？）が違う。それでも、いつもよりは、病気のことを明るく話しているような気がする。来てもらってよかった（ただ、ガンの部位も、ステージも違うのに、同じ経口の抗ガン薬「ゼローダ」を服用していたというのは、どうしてだろうか。これは本当に効き目があるのかと疑問を持たざるをえない）。

お互い韓国関係の仕事をしていたから、最後に韓国へ行った時の話となった。昨年秋、私が韓国日本学会から功労賞というのをもらった時、岬夫妻と妻とで、二泊の韓国旅行をした。学会でとってくれたホテルに近いところに岬たちも宿を取り、仁寺洞《インサドン》、明洞《ミョンドン》などを歩いた。最近の韓国では外国人が韓服を着て、街を歩き、記念写真を撮るというのが流行っているらしい。岬はパジとチョゴリ、圭恵ちゃんは、チマ・チョゴリでコムシンを履き、ヤンバンの笠をかぶった岬の姿は、滑稽だ。仁寺洞の通りを歩いていると、通行人が振り返る。外国人か、新婚旅行のカップルしか、そんな恰好をしていないからだ。

四人で、写真館で記念写真を撮る。写真館の館主はやたらと愛想はいいが、妻は、料金が高いと文句をいう。記念のスーベニール値段だからしょうがないと、私はなだめるが、容易に引き下がらない。こんな時のために、韓国語の会話を勉強したという具合に。

韓国の有名大学の教授であるヘレン・リーに案内された高級焼肉店は、ソウルのチョンノに近い中心地で、昔、韓一館《ハニルグアン》という韓国料理屋があった細い路地裏の〝食いもの横丁《モンヌンコリ》〟が再開発された場所のビルのなかにある店だった。つい、この間まで、サバやサンマを焼く煙に目をしばたたきながら、屋台の椅子で、小さな杯に注いだ焼酎を飲んでいた場所だ。私のソウル、私たちの韓国は、もはや郷愁の煙の向こうに消え去っていったのかもしれない。三十年以上の歳月とともに。

安岡さんは、今秋にお姉さんと二人で、仁寺洞に部屋を借りて、何日か逗留するそうだ。それが、最後の韓国滞在になるだろうといっていった。すべてのものには、終わりがある。私たちの韓国の旅にも。いつまでも続くと思われていた私と妻との穏やかな生活も。

八月九日（水曜日）晴れ曇り時々雨

長崎原爆の日。音羽の講談社の本社ビル二十六階の会場を借りて、六月に亡くなった作家の林京子さんの追悼の会が開かれた。私は、加賀乙彦さん、三木卓さん、森詠さんと連名で発起人となっていたから、何としても顔を出さなければならないと思い、幸い、亜子の体調も今日はそれほど悪くないようなので、病院をしばらく抜け出すことにした。有楽町線新富町駅から護国寺駅の講談社まで。

みんなが気を遣って、大丈夫？　と声をかけてくれる。事情を知らない人たちに暗い顔も見せられないので、何とか感情を抑えていたつもりだが、我ながら元気がなかったかもしれない。

ご長男の話によると、林京子さんは、最期まで自分がガンであることを知らないままに亡くなったようだ。圧迫骨折やぎっくり腰などで、体調はとても悪かったようだが、加齢と体の故障のつもりで入院、退院して自宅療養となっても、回復の期待はとても強かったようだ。原爆病から生き延びられたのか、それとも、原爆の魔の手についに捕らえられてしまったのか。それにしても、長崎のヒバクシャとしての「生」を全うした生涯といえるだろう。涙はなかった。かわりに、担当編集だった人たちの心温まるようなエピソードがあった。息子さんの話も、母親としての、祖母としての林京子さんの姿が彷彿としてきて、興味深かった。偉大な作家も、家庭のなかにいれば、平凡な父・母であり、祖父・祖母だ。

被爆者にガン患者が多いことは常識だ。放射線が遺伝子を分断し、その再生を妨げるのだ。あるいは細胞が突然変異を起こし、ガンとなる。甲状腺ガンや白血病（血液ガン）だけでなく、内臓や皮膚や骨などあらゆるガンに関係すると考えられるのだ。

私は、妻の乳ガンも、放射線が関係しているのではないかと、ひそかに疑っている。我孫子市布佐は、3・11の時に、ホットスポットになり、福島第一原発からの放射能雨に汚染された。3・11の当日、窓を目張りし、外出を控え、水道水を使わず、外の雨や風に当たることを避けてきたのだが、しばらくするうちに、亜子は庭の芝生の手入れをしたり、ミカンやブドウ（デラウェアとマスカット）などの庭の果樹の手入れを熱心にしていた。姉さんかぶりをしたり、マスクをして、手袋をはめていたのだが、放射能がそれぐらいで防げたとは思えない。亜子はヘビースモーカーというほどではないにしろ、タバコをずうっと吸っていたので（禁煙問題は、しばしば家庭内紛争のタネとなっていた。妻はそのたびに私の禁酒を対抗的に持ち出した）、それで肺ガンではなくても、体中の免疫が弱っていて、それに原発からの飛散し、我が家の庭に降り注いだ放射能が影響したのではないかと考えたのである。

わが家の庭と道一本を隔てた小さな公園には、放射能測定機が設置されていたが、丹念に数値を調べたことはなかったが、3・11の当時だけでなく、放射能雨や風は、破壊された福島第一原発から、百キロメートル以上離れているこのあたりにも、絶え間なく流れてきていたのではないか。芝刈りや立ち木の枝落としなど、庭にいた時間の長かった妻には、その影響は強かったのではないかと、私はひそかに案じていたのである（といって、私が庭仕事を手伝うことはなかった。今更、後悔しても仕方がないが）。

ミカン、ブドウ、ユズ、シークワクサーの果樹が我が家の庭には植わっている。ユズも、ブドウも、ミカンも時期になれば、たわわに実を実らせる。妻が、ガーデンセンターから買ってきた苗木を植え、葡萄棚を作り、添え木をしたり、肥料をやり、害虫や病原体の消毒をし（消毒を怠ると、梅の樹などには、亜子が〝電気虫〟と呼んでいた毛虫が無数に取りついた。肌に触れるとピリリという痛みが走り、傷跡は痛みを持ったままなかなか回復しなかった）、枝を落として手入れをしていたからだ。藁床を用意して、小さなスイカを、二、三個収穫したこともある。

家庭菜園としては、鍬で土を耕したり、苗床を作ったりして、トマト、キュウリ、エンドウ豆、長ネギ、ジャガイモ、ミョウガ、パセリなどを栽培し、トマト、キュウリなどは採れすぎて、夫婦二人でせっせと食べたり（毎食、キュウリとトマトが付いた）、ご近所に配ったり、息子や兄弟、親戚に送ることもあった。

そんな庭仕事の間に、亜子はどれほどの放射能を浴びたことか。それがガンの引き金となったのではないか。悔いと疑心暗鬼は尽きないのである。

八月十日（木曜日）うす曇りのち晴れ

談話室にお茶を飲ませてもらいに行ったら、ボランティアさんたちが、金魚ちょうちんをぶら下げていた。テーブルの上には、金魚鉢に金魚模様のテーブルクロス。金魚の置物やおもちゃなど、金魚尽くしだ。来週の病棟の夏まつりのテーマが金魚の飾り付けを行なっているのだ。ホスピス病棟では季節ごとにお正月、花見、七夕、夏祭り、お月見、クリスマスといった行事がある。亜子が入院した時点で七夕は終わっていたが、夏祭りには間に合ったのである（お月見やクリスマスも、迎えることができるだろうか?）。

ピアノを弾くボランティアの人が患者さんに、「金魚」の歌があるかなと聞いていた。私は横から、金魚そのものではなくても、「メダカの学校」や「どじょっこふなっこ」の歌でもいいのではないか、井上陽水の夏祭りの歌に金魚すくいが出てきたかもしれないと、思いつきをしゃべる。金魚やヒヨコや亀などのペットの話がひとしきり出る。飲み食い禁止中の患者さんの眼の前で紅茶をいただくのは、申し訳ないが、金魚のエサ、亀のエサなどで話が盛り上がる。「赤いべべ着た可愛い金魚／おめめが覚めたらご馳走やるぞ」という歌詞を思い出す。「金魚の昼寝」という唱歌だ。ピアノの人に教えたら、ひとつテーマの曲が増えたと喜んだ。中島みゆきや一青窈《ひととよう》の歌に金魚があるそうだが、あまり悲しげなのはこの病棟に似つかわしくないだろう（似合いすぎる？）。

お茶から戻ってきたら妻の病室にチャプレンさんが来ていた。いろいろ話をうかがってもらったらしい。私や息子たち、友人たちの前では、あまり弱音を吐かない妻だが、心のなかの不安と怖れはいいようのないものがあるのだろう。それは家族にだからこそ、いえないものでもあるのかもしれない。それは悲哀を外側に出すことにはならず、内側に籠らせることになるからだ。私がこうして文章を書いているのも、そんな排泄作用かもしれない。

亜子が、若い、新しく担当になった女の看護師さんと話をしていた。三人きょうだいで、兄と弟の間にはさまれた女の子だったという。子どもの頃は、いつも兄のお下がりの服を着せられ、女の子らしい格好をしていなかったと看護婦さんがいうと、私も同じ境遇だったと亜子がいう。最初の子どもということで、長男の兄が大切にされたのに比較して、二番目の女の子はワリを喰ったと二人で同感しあっていた。世代は違っていても、そうした感覚は変わっていないということらしい。

こんな何気ない会話がどれほど妻の心を和ませていたのか、私には想像できないほどだ。看護師さんたちとの他愛のないおしゃべりが、唯一の心の支えだったかもしれない（私や息子たちはあまりしゃべらない。鼻から酸素を吸入している間は、しゃべらせない方がいいと思っていた）。

八月十一日（金曜日）晴れのち曇り

八月に突然できた旗日（祝日）で、全国的に休日。「山の日」ということだが、「海の日」に対抗して作られたらしい。「川の日」や「丘の日」や「湖の日」など、いくらでも作れると思うが、そこまではやらないらしい。根拠はほとんどない。「海の日」が、明治天皇が何とかの航海に出た日とかとの〝根拠〟はあったのだが、「山の日」は、八月にも連休を作ろうというだけの理由でできたらしい。〝毎日サンデー〟の年金生活者にとっては、何のメリットもない休息日である。

午前中、妻の調子があまりよくない。酸素吸入の濃度を増やしても息苦しいようだ。腕の痛みも訴える。便秘薬を飲むのに、ナースにしきりと文句をいう。通じがあるのに、飲む必要があるのかと主張している。痛み止めにモルヒネ剤を少しずつ飲んでいる（点滴？）のだが、この副作用が便秘や眠気で、その予防のための便秘薬である。トイレに行けず、ベッドの上での排泄は、精神的にもとても嫌なものだろうが、便秘は苦しいだけでなく、体調にも深く影響する。出てこなければ、出すようにしなければならない（政治家の選挙とは逆だ）。

一昨日、岬が仕事を片付けてから病院に来たから、午後十時頃となった。いっしょに夕食ということで近くの居酒屋でフルーツ・サワーやハイボールを、ニラ玉などを肴に飲んだ。

家族で韓国に移住した話となり、行った時は、失業状態から大学教授にまで〝出世〟できたのだからよかったのだが、帰国の時にはちょっとごたごたがあったことを話した。四年の任期が終わる頃、日本で文芸時評と書評委員の担当という話が来た。少なくとも、二年間は定期的な収入が確保されるというい話だ。しかし、私はその二つの収入のベースがあっても（当時で年収四百万円ほど――それほど悪いものではなかったが）、それだけでは親子四人の生活には少し足りなそうだし、二年先以降のメドはない。幸い、妻は私と同じ大学の日本学科で専任講師となっているし、お手伝いさんもいるので、一年間ほど、私が先に日本に帰って、妻に職を続けてもらったらどうだろうかと考えた。その間、日本で少し生活資金を貯めるようにしたらどうだろうかと思ったのである。

だが、妻は大反対だった。家族を韓国に置き去りにして、自分だけ日本に帰るのか、といった、激しい調子の反対だ。そんな考えは毛頭ないが、妻にも家計収入を助けてもらいたかったのは、本当の気持ちだ。職業的文筆業者として専念することの不安もあったことは確かだ。

結局、妻に押し切られて、経済的な不安を抱えたまま韓国から帰国したのだが、そのために、私の文芸評論家としての文筆家業も、腰の定まったものになったかもしれない。渡韓したのが満三十歳の時、帰国したのが三十四歳で、四十歳で母校・法政大学の助教授（のちに教授）になるまでの六年間、浮草稼業にも似た評論家というライターとして生計を支えた。時評、書評、連載評論、座談会、対談など、できそうなことは何とかやりこなしてきたつもりだ。新人賞の応募原稿の下読みや、大学の非常勤講師の斡旋など、つくづく周囲の人の親切心に気がついたのも、こうした不安定な稼業による生活をしばらく送った体験からだった。

息子にそんな昔話をしているうちに、酒を飲みすぎた。二時近くになってあわててタクシーで息子を帰らせ、ベッドに横になったのだが、目が覚めたのは、八時だった。二日酔いですこぶる気分が良くない。体調も精神も最低で、病院に来てみれば、妻はぜいぜいという感じで、口を開いて、呼吸も苦しそうだ。病室にいるのも辛いので、ラウンジで横になっていたが、クーラーが利いていて涼しい。やがて寒くなってくる。

よほど、マンションの部屋に帰って休もうと思ったが、帰れば帰ったで、不安が昂じるだけだろう。次男の潮《うしお》が、二歳の孫、新《あらた》を連れてくるからといっていたので、病室で待つ。

やがて潮と新がやってきたので、病院のレストランで昼食を摂る。新は「お子様うどん」、卵、牛乳などのアレルギーがあるので、大変だ。コーンスープには牛乳が入っているし、ポテトサラダには卵を使っている（マヨネーズだ）。

食べられるのは、うどんとイチゴとリンゴ・ジュース。ミニトマトとバナナは好物だ、モモも。

サンドウィッチを食べている間に、妻のいとこのるり子さんが来る。いとこといっても、妻の母（おばあちゃん）の長姉の娘で、妻とは十歳年が離れている。心臓麻痺で、一度救援ヘリプコプターで緊急病院に運ばれ、生き返ったという体験の持ち主で、前に妻の実家のお墓参りの時は車椅子で、墓参もこれが最後だといっていた。てっきり車椅子だと思っていたら、孫娘に連れられて、杖をつきながら、ゆっくりとだが、自分の足で歩いている。リハビリに励んだせいという。妻も感激して、自分もリハビリに励んで歩けるようになりたいと語っていた。私は、病室を離れて、ようやく涙を抑えた。歩くどころか車椅子に乗ることも、ベッドの上から降りて立つことさえ難しい。だが、今の妻と同年の頃に歩行困難になったいとこのるり子さんが、歩行を回復させたことは、妻にとってよほどの励みになったらしい。その日の夕食は、ちょっと積極的になっていた。完食とまではいえないが、ご飯も半分ほど食べた。このままの状態でいてくれたらいいのだが。

八月十二日（土曜日）うす曇り

私の心身が〝絶不調（絶好調の反対）〟なので、家族控室に宿泊することにした。病棟の入り口のトイレの横に家族控室・ファミリーラウンジというのがあって、どんなところか気になっていたが、鍵がかかっていて内部は見られなかった。申し込めば、午後二時から翌日の午前十一時まで、使えるという。簡単なベッド一つと、畳の間が少々。枕と掛け布団の簡単な寝具だけの部屋だ。洗面やトイレは、隣の病棟のトイレを使う。

遠距離に家のある付き添いの家族や見舞客が使うところだろうが、猫一匹と、築地六丁目（歩いて五分）のマンションの部屋にいるのが嫌なので、一晩だけ借りることにしたのだ（もちろん、有料で一泊六千五百円は少々高い？）。

ガンによる死亡者のなかで、ホスピスで亡くなるのは、わずか六パーセントとある。自宅よりも、ガン病院、ガン病棟での逝去が一般的である。『病院で死ぬということ』という、恐ろしい題名の名著があったが（日本のホスピス運動の草分けの山崎章郎氏のベストセラー）、アジア太平洋戦争の際の旧日本軍と同じように、敗北必至なのに、玉砕するまでガンと闘うのが、ガン治療の公定基準のようだ。費用対効果を考えても、死ぬまでガンの苦痛や、社会的・精神的・霊的苦悩と最後まで〝闘う〟のはあまり意味があることとは思えない。末期ガン患者の上に馬乗りになって、肋骨が折れんばかりの心臓マッサージをやったところで、何の意味もないどころか、残虐な地獄の責め苦のようなものだ。

ホスピスの運動、ホスピスの思想がもっと広まる必要があると思えるが、緩和ケア治療として保険医療の対象となったことが、政府（厚生省）の医療体系のなかに組み込まれ、創設期のアイデアや試行錯誤が既成（規制）のシステムに制限されるという現象も現れているといえるのではないか。家族控室やキッチンなども、緩和ケア治療の法定的な設備であり、ホスピスの個性によってもっと柔軟に運用されてよいと思われるが、官僚主義の事なかれ主義や無責任体制は概して新しいアイデアや工夫、個別のきめ細かい対応を排除するものなのだ。病院死、自宅死、ホスピス死と、〝死に場所〟をどこに見出すかというのが、現代人の究極の問題となっている。

緩和ケアやホスピスが、日本の医療体制のなかからしっかりと位置付けられるようになったのはいいけれど（保険制度が適用される）、まだまだ未完成の部分は多い。

妻は、我孫子にいた時も築地でも、訪問看護に来てもらっていたのだが、介護保険は使わずに、健康保険で賄っていた。介護保険は、住民登録がある市町村の管轄なので、築地のマンションに移ったので手続きが面倒だし、ソーシャル・ワーカーによって介護度を一から五までの段階で決定してもらわなくてはならず、介護度の度合いによって介護の範囲が決まっていて、すこぶる使い勝手の悪いものだ。末期ガンのターミナル・ケアは重度の介護度となるが、患者や家族の要望が必ずしも十全に満たされるということはなく、介護保険の適用を諦めたのである。

驚いたのは、健康保険で訪問介護を受けているのに、年金天引きで介護保険料が徴収されることで、妻が六十五歳となり、介護保険を受ける資格があっても、しっかりと保険料を取られた。訪問介護を受ける場合、介護保険と健康保険の両方や混合は許されず、介護保険を申請しないと、要介護の人間からも介護保険料をむしり取るこの制度は何なのかと、深く疑問を持たざるをえない。

介護保険の改定や看護制度の変更は、あまりにも膨れあがる介護医療費の削減のために、思いつきのレベルで実行しているとしか思えない。ホスピス行政にしても、家族の介護による〝在宅ホスピス（矛盾した言い方だが）〟を奨励しているように思える。自宅で夫や妻を看取ったという体験を記録した本を何冊か読んだが、それは配偶者が医者であったり、看護師であったりする場合で、とても普通の配偶者や家族が、同じような看護、介護ができるとは思われない。医療関係者であっても、とても困難なことを、私のような素人がやり遂げることができるはずがない。

〝病院で死ぬこと〟を拒否しようとする山崎章郎氏の活動は評価するものの、在宅ホスピスの活動は、現代の日本の住環境や介護・看護制度のなかではきわめて難しいものであり、あえていえば、恵まれた環境にある場合のみ妥当とするものではないのか。夫婦共倒れや、家族の崩壊が惹起されなければ幸いなのだが。

施設型のホスピスがまだまだ未発達、未整備な時点で、在宅ホスピス（在宅死）が奨励されるということに、深い疑問を持たざるをえない。もちろん、病院死より、家族に見守られながらの在宅死の方がいいのは論をまたない。だが、厄介者のように、瀕死の病人を追い出すように家庭に送り返したり、病院が受け入れないということがあってはならないことだろう（私の母親は、二十年ほど人工透析に通っていた病院に、家で倒れた時に引き受けてもらえなかった）。

しかも、政府が進める「在宅死」の統計のなかには、事故死、自殺、いわゆる孤独死も含まれているという（確かに、自宅の風呂場での事故死や、アパートやマンションの部屋での孤独死も、自宅死だ）。病院死に対して在宅死が勧奨されるといっても、地方や家庭による介護・看護のシステムが完備していない段階で、自宅介護や在宅死を奨励し、推進しようとしても、介護・看護の医療費の増大を抑制しようという意図だけが露わであって、理想や理念とは裏腹なものだろう。自宅ホスピス運動の限界は、こうした医療制度全般の問題と切り離しえないのである。

誰でもが望めばホスピスに入れるという制度や施設が完備していないうちに、在宅ホスピスが推奨されるようになるというのには矛盾を感じざるをえない。自宅で最期を迎えたいというのは当然の願いだが、家族関係、住環境の変化が自宅死から病院死へという大幅な流れを生み出したのである。その状況が変わっていないのに、自宅看護や自宅での終末ケアが求められることには、違和感を持たざるをえない。孤独死や看護のネグレクトの末の病死が自宅死としてカウントされるという実情は、終末活動（終活）についての行政的対策や国民的コンセンサスの形成に背馳するものではないだろうか。

八月十三日（日曜日）晴れ

妻も私も疲れ果てている。妻はもちろん病気と闘うことに、私は不安と怖れのために。

何かやるべきことがたくさんあるような気もするのだが、病室にいても、マンションの部屋に帰っても、することなんかない。妻の足をさすることぐらいしか、私にはできない。部屋では、猫の糞尿の始末をし、キャットフードを与え、水を取り替えてやるぐらいだ。自分の下着とタオル程度を洗濯機で洗うが、「よいしょ！」と自分で声をかけなければ、ソファから立ち上がることも億劫《おっくう》だ。テレビで、いくらか慰められる。どんな番組でもいい。人が出て、話をしていたり、動物たちが懸命に生きている姿などが映像として映れば、それだけで感激だ。

以前にビデオ録画していた映画や歌謡番組はあまり見る気がしない。歌謡番組は、変な感傷に陥《おちい》るだけのような気がする。別に眠れないわけではない。缶酎ハイなどを一本飲んで、睡眠導入剤一錠でほどほどに眠りは足りている、と思っている。寝不足感はないが、倦怠感、だるさは持続している。腎臓病から来るものかもしれない。

朝の回診の時に、主治医のH先生に状況を聞くと、右の肺に水が溜まり始め、息苦しさが強まり、要注意だという。注意といわれてもなすすべはない。自分のことだが、といって、心療内科にかかり、精神安定剤でも処方してもらいたいと頼んだ。今すぐのことなら、外来に行けば、薬の処方はできるだろうという。聖路加の心療内科は予約が多く、初診患者はかなり待たされるだろうという。やれやれ、精神安定に至るまでの道のりは、結構遠そうである。それまで、私の平常心が持つかどうか。私自身がかかっている腎臓内科の先生に、処方箋を書いてもらうのが一番の早道かもしれない。透析開始は、しばらく延期だ（私の慢性腎臓病の悪化の数値は、透析治療を始めなければならないことを示しているという）。逃げ回る理由（?･）ができたのだ。


私と妻の古い同人誌仲間だった小説家の佐藤洋二郎氏が見舞いに来てくれた。というより、私が連絡して来てもらったのだ。妻の見舞いというより、私への陣中見舞いのようなものだ。佐藤氏本人も、満身創痍といってよいほどの状態だ。前立腺の腫瘍マーカーの数値は高いし、肝臓、腎臓の数値もよくない。一年に一回は、倒れて救急車で病院に運ばれたという。無呼吸睡眠症候群の症状もあるという。そんな状態で、お互い、よくこれまで生きてこられたものだ。

彼は、若い頃に土建会社を友人といっしょに立ち上げ、一時は経営者として羽振りがよかったが、友人がやたらと会社の規模を拡大して失敗、借金のため、ヤクザに追われるような羽目となった。

共同経営者としての彼も、大きな借金を背負い、それを血の出るような苦労をして返済している頃に、私たちは知り合った。なけなしの金を出し合い、新宿や池袋、浦安や柏や松戸で酒を飲み歩いた日々が懐かしい。こんな私たちだが、私が法政大学に、彼が日本大学芸術学部の〝教授〟となった頃から、生活はようやく安定してきた。お互い四十、五十を超えてからのことである。

四月から年金生活が始まった。私は大学を退職し、去年で私と亜子が六十五歳となって、亜子の分の年金が開始されたからだ。私の国民年金と厚生年金と大学の年金とで、どうやら私たち夫婦二人の生活は賄えそうである。私はこれまで国民・厚生年金を総額で二千万円ほど払ってきた。その分を〝取り戻す〟には、少なくても後十年は生き続けなければならない。その前に死ねば、収支勘定はマイナスだ。心しなければならない。

亜子の年金（老齢基礎厚生年金）は少ないながら一年前から始まっている。私が無職状態の時も、国民年金を納付してきた。六十五歳になって、ようやく悠々自適の年金生活が始まろうという時の妻の発病。私の世代は、支給年齢が繰り上げになり、企業年金も破綻を避けるためには減額を承諾せざるをえなかった。政権の都合によって好きなようにいじり回される年金行政に不信感を持たざるをえないが、それでも貰えるだけ良かったと思うべきなのだろうか。亜子の分は、たぶん大きな損失になるだろう。その分、私が長生きしなければならないのだ——年金のために（？）。

八月十四日（月曜日）曇りのち雨、曇り

安岡明子さんが銀座に来ていて、病室に寄りたいという電話が来たから、下まで降りていった。安岡さんは、しばらく故郷の鳥取に帰るという。秋口にならないと東京に戻ってこないので、もう一度、顔を見ておきたいというので、断る理由もなかった。これが妻と彼女との最後のお別れとならないことを祈るだけである。

立て続けに見舞客が来ていることについて、妻は、私が右往左往して、あわてふためいて電話をかけまわっているので、みんながびっくりして駆けつけているのだと思っている。それは確かにそうなのだが、妻は、私が寂しがり屋で、みんなに自分を慰めてもらおうと、親類や友人たちを呼び寄せているのだと思っている。そう思っているうちは、いい。

集英社の文芸畑の編集者だった高橋至さんは、編集者と物書きという関係だけではなく、亜子ともメールのやり取りをする友人なのだが、銀座や東京駅の近くの病院に通院しているので、そのついでに寄ってくれたのだという。高血圧だの心臓だの、六十代を過ぎれば、体のどこかしら故障や不都合が出てきても無理はない。私と亜子とが「老々介護」であり「病々看護（病人が病人を看護する）」であり、見舞う方も見舞われる方も病人という状態も少なくないのである。大学時代からの私の友人で（同じ学科の同級生で、入学式の日に最初に出会って以来の友人である）、亜子とも文芸研究会というサークルでいっしょだった同人誌仲間の桂木明徳くんや仲村實くんも見舞いに来

てくれたが、桂木くんも少し前に前立腺ガンの手術をしたという。

いとこのるり子さんの子ども、やひろさんとゆみさんが見舞いに来た。二人とも医療関係者なので、ホスピスに入ったことの説明など要《い》らなくて、助かる。見舞いに来る人たちに亜子の大変な状態は知ってもらいたいのだが、それを隠しておきたい気持ちもあり、少し迷う。見舞客のそぶりや言葉で、亜子が気落ちすることがあっても困るし、対応が難しいのだ。基本的には危険な状態であることは、みんなに伝えている。

　亜子の両親はすでに亡くなり、三人きょうだいの一番下の弟、亮二くんは胃ガンで四十代で若死した。父方の係累は少なく、母方も姉妹、兄弟もすでに亡くなった人が多い。私が一度、ミクロネシアのパラオ島に行った時、日米軍の激戦地のペリュリュー島に渡り、写真を撮ってきたことを告げると、ばあちゃん（亜子の母親）の兄さんがペリュリュー島で戦死しているということを知った。私ははからずも、義理の伯父さんの慰霊のためにその島に渡ったようなものだった。るり子さんは、その戦死した伯父さんの娘で、亜子にとっては年の離れた従姉妹だ。やひろさんとゆみさんは、従姉妹の子で、近くに住んでいる親戚として行き来のある数少ない親類だ。

　母方の親戚は高槻市や佐賀県に住んでいるが、遠方なので、冠婚葬祭の時に連絡が来る程度だ。高槻の叔母さんとその娘である従姉妹たちとは、ごくたまに訪問したり、手紙のやりとりをするような間柄だ。亜子の乳ガンの手術以来、ゆとりのある上着が必要となったので、服飾デザイナーの従姉妹に注文して、着脱が自由な上着をデザインして作ってもらい、それを部屋着、寝巻きとしていた。材質や結び紐など、試行錯誤のうえで数枚作ってもらい、それを日常的に着用していたのである。
亜子には実の兄が一人いるが、その関係は、ちょっと疎遠だった。母親（私にとっては義母）の介護の方針で話が合わなかったようだし（最初、ばあちゃんは私たちと同居していたが、寝たきりになった頃には、兄のところに引き取られていった）。母親や弟名義の不動産などの処理で意見が異なっていたようだが、私はなるべく関与を避けていた。肉親だからこそ、妥協できないところもあるらしかった。亜子の性格のなかの頑固な面だ。

八月十五日（火曜日）晴れのち曇り

韓国から金ファンギ先生が来る。京都に大学の研究所の用事があり、昨日の夜遅くの新幹線で東京に来たという。ホテルは上野だから、築地まで日比谷線で来るという。駅まで迎えに行こうと病院の玄関のところまでゆくと、姉がうろうろしている。兄嫁といっしょに、見舞いに来てくれたのだ。先に病室に行っていてもらい、途中の築地公園で金先生と出会う。彼とは、グループを組んで六年間、科学研究助成費でラテンアメリカを廻った。ブラジルを皮切りに、アルゼンチン、ウルグアイ、パラグアイ、ドミニカ、ボリビア、チリ、コロンビア、中南米の各国を、日系移民・韓国系移民の足跡を訪ねて回ったのだ。アルゼンチンで、私たちの研究チームの支援者としていろいろと便宜をはかってくれた鄭《チヨン》社長や、私の家にホームステイをすることになったジュリー（当時、十八歳）と知り合いになったのも、彼の韓国人の人脈による。昨年の秋に、長男夫婦といっしょに私たち夫婦がソウルを訪れたのも（それが妻の最後の韓国行となった）、金先生の手配と斡旋によるものである。彼の奥さんも、妻の病気を心配して、高麗人参のエキスや人参茶を送ってくれた。

妻の付き添いを姉と兄嫁に任せ、聖路加タワーのなかのホテルのレストランで、昼食とビール一杯ずつを頼む。南米では朝から晩まで、よくビールを飲んだものだ。おかげで痛風となり、旅行中痛い思いをしたのだが、その時は痛風と気づかず、朝から飲むビールが原因だとは夢にも思わなかった。旅行から帰って、ビール漬けから抜け出すと、痛みが消えるから不思議だとは思っていた。南米の風土病的なものかと思っていたのだから、ずいぶん間の抜けた話だった。

痛風を引き起こす尿酸値が目一杯になっているところに、朝昼晩の食事の時にビールを腹一杯飲んでいるのだから、尿酸値が限界以上になり、痛風が発症するのも無理はなかった。気づかない時は、靴の問題かと思って買い換えたり、足マッサージで何とかなるのではないかと、アンマにかかったりした。無知蒙昧の限りである。（これも結局、下肢動脈硬化疾患の症状だったと思われる——後記）

二〇一五年の夏休みの南米調査の時には、これが最後のチャンスということで、亜子と岬もいっしょに南米へ行くことにした。私と亜子は、まずブラジルのサンパウロへ行き、そこで金先生と落ち合い、アルゼンチンのブエノスアイレスへ行く。サンパウロまでは思い切ってビジネスクラスにした。私の場合は科研費による調査旅行で飛行機代は公費が使えるのだが、エコノミー以外のチケットは、全部自己負担となる。エコノミーの料金にビジネス料金を上乗せすることということはできないのだ。それまでにも科研費だの予算では到底足りず、自己負担分も多かったのだが、今回は夫婦同伴で交通費や宿泊費は全部自己負担だ。ただし、ブエノスアイレスでは、亜子は我が家に十か月間ホームステイをしていたブエノスアイレス大学の留学生ジュリーの家に一週間ほど滞在してい た。その間、私はパラグアイやペルーを調査旅行していた。亜子は遅れてアルゼンチンにやって来た岬と、ブラジル国境近くのイグアスの滝を見物に行ってきた。

どこかに旅行に出かけると、文句や注文の多い妻なのだが、息子との二人旅でも文句が多かったらしい。それでも結構楽しいらしいのだが、タクシーの料金やバスの時間などにいちいち文句を聞かされる方としては、堪らない。それでも私たち夫婦は、南米に限らず、世界のあちこちを旅行した。今から思えば、せっせと〝思い出作り〟を実行していたのである。

八月十六日（水曜日）

心療内科を受診した。死を待つだけのような亜子のそばにずっと付き添っている私も、精神状態がおかしくなっている。不安と怖れ、悲哀、不眠、食欲不振、便秘など、体調もすこぶる悪い。緩和ケア科のドクターに頼んで、心療内科の予約を取ってもらった。新規の外来患者は、なかなか予約が取れないという。数か月も先になることも少なくなさそうだ。たまたま、一人のドクターの空いた時間があるから、その時間に診察してくれるという。ずっと病院内にいるのだから、こちらの都合はいくらでもつく。それにしても、心を病んでいる人は、東京には多いのだろう。

精神科（心療内科）を受診するのは初めてである。精神科の医者でもある作家の加賀乙彦さんに、精神病も今では薬で治すことができると聞いたのだ。統合失調症（精神分裂病）や躁鬱病も、抗鬱剤などで症状を改善させることができるという。精神安定剤や抗不安剤などの薬物療法で、メンタルな病状を治療できるようになっていると聞いたのだ。

最初に心療内科の看護師長さんに問診を受ける。不安感や恐怖感、不眠や疲労感などの症状と、これまでの妻との生活をこと細かに説明する。自己診断としては、老人性鬱病の初期的なものだろう。インターンのような若いドクター（臨床心理士？）に、同じようにこれまでの来歴（病歴）を語り、ホスピス病棟に入っている妻の病状も詳しく説明する。ようやく、ドクターのところまでたどり着く。思っていたより、若い医者で、師長やインターンの問診の内容はきちんと把握しており、腎臓内科の方から送られてきた私のカルテも見ているようだ。薬によって、不安や恐怖を緩和してほしいというのが、私の願いだった。私の病因は明らかで、対処の方法は、精神安定剤の服用ということ以外にはない。これまでの妻の病状や生活の変化や心情を語ったことで、カタルシスの作用もあったのだろう、不安感や悲哀感が少し減退したように思われた。

こんなエッセイ風の文章を書いた。途中経過の報告のつもりである。新聞のエッセイ欄に掲載してもらうつもりだったが、ちょっと内容が全国紙的向けではないのだろう。掲載はしてもらえなかった。

ホスピス病棟の夏まつり

妻が築地の病院のホスピス病棟に入院した。最初に緩和ケア科のドクターやナースに、ホスピスへの入院を薦められた時、私は、希望のない病人を、死を待つしかない病棟へ追いやってしまうのかと、腹を立てた。インドのカルカッタ（コルカタ）で見た、マザー・テレサの〝死を待つ人々の家〟のことを思い出したからだ。治療することもなく（回復を望めず）、ただ死を迎える瞬間を、暗く、消毒薬臭い大部屋で待つだけの痩せ細った病人たち。だが、そこに収容されたのはまだ運の良いほうで、建物の外の路上には、そこに入れず、入所を待つ大勢の人すら、いるのだった。

たとえ、設備や待遇はそれより良質ではあっても、末期ガン患者が〝死ぬために入る〟施設としてのホスピスという考えは、私の頭から去らなかったのである。

しかし、これまで丁寧・親切に妻を看てくれていたドクターや訪問看護のナースが、そんな非情な扱いをするところに入院を勧めるはずはない。私は話だけはよく聞き、妻も納得がいったら、ホスピスに入るのも選択肢のひとつだと考えるようになった。

　確かに、日本の現在のホスピスは、外科や放射線、抗ガン剤の化学治療がもう限界になった人が、苦痛や苦悩を緩和してもらいながら、残り少ない生の時間（日々）を過ごす施設ではある。だが、そこは僅少な生の日々だからこそ、何とか人生を全うしたと思わせる数々の医療的、精神的、スピリチュアルなケアが行われる。そんな現実が、あまり知られていない。これが、私が役柄でもないこんな文章を綴る最大の動機である。

　これまでにホスピスの開設を推進した医療関係者、宗教者・教育者、そして故・重兼芳子さんのような文学者も加わって築き上げてきた、日本のホスピスの運動は、長い時間的、歴史的な蓄積を重ねてきた。それらは専門的な本や専門誌、白書的なものに委ねることとして、私は体験的なホスピスの感想や印象を書いてみたいのだ。

　私の妻は炎症性乳ガンの末期となり、抗ガン剤治療を止めた。副作用に体が耐えられなくなったのだ。感染症から敗血症になり、血圧が五〇台にまで下がり、集中治療室に緊急入院し、命拾いしたが、そのままホスピス病棟に入ったのである。

　全室個室のホスピス病棟は、一見したところ一般病棟と変わったところはないが、患者用のキッチンや、ピアノやステレオ装置のある談話室や、ボランティアの人が淹れてくれるコーヒーや紅茶、小さな生花を各病室に届けるなどのサービスがある。患者とその家族がゆったりと過ごせる時間が、病棟全体に流れているような気がする。ドアを開け放しにして、カーテンで目隠しされた病室からテレビの音楽、人の声などが聞こえて来る。一般病棟の静粛とは異なって、当たり前の生活音が、ここではことさらに避けられてはいないのだ。心電図や心拍数を計測する機械音もなければ、ナースベルやアラームも、極力低く抑えられている。もちろん、痛み止めや、息苦しさを緩和するための酸素吸入は行われているし、点滴や投薬や清拭は、一般病棟と変わるところなく、丹念に実施される。

ガン病棟の待合室で、何度か見た家族の涙が、ここではあまり見られないことだ。休日には、一家眷属そろっての付き添いや見舞い客が来るのだが、そんなに悲傷感や悲哀感は感じられない。この病棟で一番泣きべそ顔をさらしているのは、実は私かもしれない。そんな反省さえ湧き起こる。残された生を、いかに苦痛を少なくし、穏やかに過ごすか。そうしたホスピスの積極性を私はいまだ本当に理解していないのだ。それが納得されれば、ホスピスは天国への階段の踊り場だと認識できるはずだ。それは死を迎えることではなく、生の一過程なのだ。

病棟の談話室に、金魚提灯の飾り物がぶら下げられた。金魚鉢の中には作りものの金魚。縮《ちり》緬《めん》の布きれ金魚に、瀬戸物のランチュウ。折り紙の金魚もある。ホスピス病棟で夏まつりをしようというのだ。テーマは金魚。音楽療養士さんが、ピアノで「金魚の昼寝」や「村祭り」を演奏する。私は、浴衣姿のナースが踊る「雀踊り」を楽しみながら、甘く冷たい掻き氷を口に運ぶ。車椅子で集まれる患者さんは、点滴のポールを握り、酸素吸入をしながら、穏やかに微笑んでいる。病室では妻は、ベッドの上でこの〝まつりの賑わい〟に耳を澄ませている。束の間の夜空を彩る花火のような華やかさはないが、心に喰い込む、ささやかな夏まつりなのである。

重兼芳子さんの本は、昔、『やまあいの煙』という芥川賞受賞作品と、『うすい貝殻』という小説集を、書評を書くために読んだきりだった。聖ヨハネ病院の聖ヨハネホスピスと、こんなに深い関わりを持っていたとは、今回、ホスピス本を渉猟して初めて知った。『聖ヨハネホスピスの友人たち』や『さよならを言うまえに』や『たとえ病むとも』などである。

重兼芳子さんが、私が高校生時代を過ごした北海道の砂川の隣町、上砂川の出身（生まれと中学校まで）であることは前から知っていたが、お父さんが三池上砂川炭鉱の中間管理職で、炭鉱住宅でも、幹部家族のための上級の住宅のほうに住んでいたことなどをあらためて知ったのである。

私の高校のクラスにも上砂川や歌志内の炭住に住んでいる級友がいて、今はとっくの昔に廃線となった国鉄の盲腸線・上砂川線で汽車通学をしていた。歩いて、そんな炭住やボタ山を見に行ったこともある。ちょっと気になる女子高生がそこにいたからだ。

砂川の市内を流れるパンケウタシナイ川は、洗炭のためにいつも真っ黒に汚れていた。上砂川、奈井江、歌志内、赤平、夕張、思えば石狩川沿いの炭鉱がまだ衰えながらも採炭していた頃に、重兼芳子は、そこで学生時代を過ごし、その二十年以上の後に私は高校生生活を送っていたのだ。

炭鉱が次々と閉山し、町が廃れるというより、衰亡してゆく過程にあった頃に（炭鉱閉山後の歌志内市は、市の名に値しない村程度の規模である。だが、市から町、村へと降下したことはないということで、いまだ市を名乗っている）。

重兼芳子さんが、末期のガン患者や、身寄りのない高齢の孤独老人、シングルマザーや未亡人（この言葉自体は嫌なものだが）など、競争社会のなかで、絶対的な弱者となって惨めな思いをしている人々に共感と同情を抱くのは、炭住生活という、職業的な身分差別や貧富の差が、あまりにも明瞭な生活環境で育ったかららしい。お父さんは、落盤事故やガス事故で亡くなった坑夫たちの生活環境や福祉の改善を会社側に求めたが、そんな労働者側に寄った要求が、財閥系の大企業の経営側に受け入れられることも、理解されることもなく、無情に板挟みのような立場に立っていたという。タコ部屋に、貧困家庭の娘の身売り。昭和の時代とは思われないほどの地底の暗部が、私や重兼さんが住んでいた北海道の石狩川流域にはあったのだ（もちろん、そこだけの話ではない）。

私も重兼芳子さんほどではないが、似たような経験がなかったとはいえない。私が小学生や中学生だった頃の北海道の地方都市（網走、斜里、稚内、砂川など）には、まだまだあちこちに貧困が色濃く残っていた。ザッピン屋（雑品屋？）とかクズ屋（バタ屋とも）ともいった廃品回収業の家というべきか小屋というべき住居があり、そこに住んでいる子どもを、私はとても可哀相に思ったことがある。自分の家だって決して裕福ではないのだが、警察官という地方公務員の父の我が家は兄弟が五人いて暮らしのゆとりなどはなくても、衣食住に困るようなものではなかった。明らかに、住むところ、着るもの、食べるものにも事欠いたような人を見ると、他人事のようには思えず、悲しい思いをしたものだった（だからといって、別に何ができるわけでもなかったが）。

私は道立高校を出て、東京の私立大学にまで進学することができたが、中学卒で仕事に就く級友たちもいた。高卒の半数以上は就職組だった（それでも、道内では進学校といわれていた）。私が高校へ通学する朝の道すがら、指物師の職人の弟子となった中学の同級生と会い、彼がカンナやノミの使い方を自慢そうに話すのを何度か聞いたものだった。勉強ができなく、家も貧しかった彼には弟妹が多く、高校進学などはハナから考えることもできなかったのだ。

私が生まれた網走の市内のすぐ近くに、両親に見捨てられたような永山則夫の兄弟が住んでいた。彼の書いた『木橋』や『捨て子ごっこ』を読むと、網走川にかかった橋を渡り、漁港に屑の魚を拾いにゆく姉や兄の話が出てくる。三、四歳の彼もそんな浮浪児めいた存在だったのだろう。網走の路上で、橋の上で、私は永山則夫とすれ違ったことがあったかもしれない。彼は、青森県の板柳の中学校を出て、東京へ集団就職し、転々と転落の道を歩んだ。ついには、連続射殺魔として死刑と無期懲役の間をブーメランのように回り込んで、死刑囚となって処刑された。私と彼との違いは、どこにあるのだろうか。同じような北海道の北東の辺境の街に生まれ、貧しさから逃れるために布団袋一つを背負って東京に出て来て、放浪のような青春の日々を過ごした。大学を卒業後、一度は会社員として勤めたが、それも辞めて札幌に帰ってブロック積みの工事の手伝いをしたり、大阪でテストペーパーの編集と出版、横浜で魚市場の軽子《かるこ》、パチンコ屋の店員をやったりもした。一歩間違えれば、私も社会の下積みの生活に呻吟して、永山則夫のような犯罪者になっていたかもしれないし、失敗者、挫折者として、今でも貧困と病苦と孤独に呻吟していたかもしれない。大学教師となり、いっぱしの知識人の顔をしている私は、流氷の浮かぶ河口を恐る恐る眺めていた幼少年時代の心をそのまま抱えながら、図太く、傲慢に生きてきただけではないか。

永山則夫に対するシンパシーというより、反発する自分の分身・半身を感じさせられるようで、とても気になり続ける存在だったのである。

彼の最初の本、『無知の涙』を読んだ時（中頓別《なかとんべつ》からベニヤ原生花園へ行く道の途上で、歩きながら読んだ。歩行しながらの読書もそこでは何の危険性もなかった）、まるで私が書いた拙《つたな》いノートを見せられるようで赤面する思いがしたものだ。私が、死刑廃止の運動に少しだけ関わるようになったのは、永山則夫の裁判や判決、処刑のことがきっかけで、どうして彼があちら側にいて、自分がこちら側にいるのかが、何とも納得できかねるものだったからだ。

そして、横のベッドに眠っている死にかけた妻の荒い息遣いを聞きながら、私は、黙ってそのままにしても、いつかは必ず死んでゆく人間を、無理矢理にその息を止め、縊《くび》り殺す（日本はまだ絞死刑）ことの罪深さをリアルに感じざるをえないのである。人間の身体は、最期の最期まで「生きたい」「生きよう」と身悶えして訴えている。末期ガン患者としても、「死にゆく」存在ではない。「生きよう」とする心身が懸命に「生き続けよう」とする。死刑囚も同じである。誰にでも死は訪れる。しかし、それは敗北ではない。名誉ある「生」の完結であってほしい。戦争、殺人、死刑……自然であるべき死を少しでも不自然に早めることは、人間とって最大の罪悪である。それは戦争犯罪人や殺人者、虐殺を命令した者、実行した者、協力した者も含めて全員だ。ホスピス病室のなかで、こんなことを考えるのは、変だろうか？

八月十七日（木曜日）雨のち曇り

今日、八月十七日で、妻が入院してからちょうど一か月だ。入院する日の前の晩からしきりに体温を測ってくれ、と頼むので（自分で脇に体温計を挟む動作ができないのだ）いい加減にしてくれと邪険にいったら、明け方まで体温を測るのを諦め、体温が三十八度以上になったら飲みなさいといわれていた抗生物質薬を飲むのを我慢していたらしい。そんなに律儀にする必要もないと思うのだが、病人としてはまさに病的に体温を気にするのだ（そうしたこだわりは、どんな病人の過程でも共通しているらしい）。

その日は、オンコロジーの予約日ではなかったが、受診すれば安心すると思い、本人が訪問看護師さんを通じて、病院に電話し、タクシーでワンメーターの病院に行くことにする。あいにくの祝日で小雨。通りがかりの空車のタクシーがなかなか通らない。晴海通りまで出て、私が先に乗り込み、マンションの前の路上で待つ妻を拾って、病院の玄関口まで行く。待合室の椅子に坐っているのも辛いので、電動椅子に横になって、主治医の腫瘍内科のH先生を待つ。

熱が高く、血圧も低く、息も苦しそうなので、胸部のレントゲン撮影などのために、即入院することになった。それが七月の十七日だった。

タクシーの乗り降りや、車椅子への移動も自力で行っていたのに、それがたったひと月前の出来事とは思えないほどの弱りようだ。睡眠や点滴や投薬はもちろん、食事や排泄もベッドの上で、だ。腕や足湯でナースに手足を洗ってもらい、爪を切ってもらって気持ちよさそうだった。

末期ガン患者は、一か月あまりで容体が急変し、ベッドの上から降りられなくなってからは、普通、一、二週間の余命だといわれる（ホスピス医が、雑誌の座談会でそんな発言をしている）。ついにその段階に入ったのかと、とても不安になる。言葉の呂律《ろれつ》が回りにくくなり、意識の混乱もわずかながら見られるようになった。眠りと覚醒の境目も曖昧となってきたようで、瞬間的に記憶も飛ぶ。部屋を暗くしてくれ、と頼み、うとうとしている時間が長くなる。息遣いも荒く、口を開けて呼吸し、かすかにいびきをかく。

私は、心療内科で処方された抗不安剤（昔は精神安定剤といった）「アルプラゾラム」錠を飲む。三日前から頓服薬として服用しているが、とてもよく効き、不安感や悲哀感がみごとに軽減、あるいは解消される。一日、三錠までは飲んでもよく、眠気など以外にさしたる副作用もないという。ホスピス病棟の患者や付き添いの家族に、もっと処方されてもよい薬ではないか。心療内科的には初歩的な薬で、もっと強いものもあるというから、安心感が増すというものである。

それにしても、人間の感情は、こんな薬物で左右されるものかと、ちょっと不思議な感じになる。まあ、アルコールだって、化学物質が脳細胞に影響して酩酊感覚を生み出すのだから、麻薬や違法ドラッグが、苦痛や苦悩の多い人間にもてはやされることになるのも、当然のことかもしれない。

モルヒネのように、痛み止めとして専門家にちゃんと調合、処方されれば、社会的にはそっちのほうがずっと理に適っているように思える。大麻やLSDなどは、タバコよりも害が少ないといわれるではないか。

八月十八日（金曜日）薄曇り

人工透析の準備のために、左手首にシャントの手術を受けることにした。手首に走る動脈と静脈を結びつけ、静脈の血管を太くするという手術だ。そこから、全身の血液を透析の機械に透析させ、血管と還流させるための予備の手術なのだ。腕の部分麻酔で切開し、結紮《けっさく》するだけのことだから、大した手術ではない。ただ、うまく血液が流れるかどうか見なければならないので、手術後は一日だけ入院する。二十三日（水曜日）の朝に執行し、翌日には退院できる。

といっても、妻のために毎日朝から晩までホスピス病棟にいるのだから、入退院といっても、あまり実質的な意味はない。左手首に絆創膏を貼って、パジャマ姿で病棟内をうろうろするのになるだけのことだろう。

シャントの手術をしたからといって、すぐに透析開始となるわけではない。血管が太くなるのに、二、三週間や一か月ほどかかるから、早くても九月入ってからのことだ。それまで、腎臓の機能の値が改善されれば、透析開始をもっと遅らせることができるかもしれない。妻が明日をもしれない時期に、私も手術、入院、透析開始ということになれば、息子たちにも負担をかけることになるが、私としては自分の忙しさにかまけて、妻のことをよくよく考えられなくなるかもしれない。それも、救いといえば、救いだ。

見舞い客のカードを首からかけた私が、自分の手術、入院の手続きに回っているから、事務の人たちは怪訝《けげん》な顔をしている。一夜限りだけだが、枕を並べて夫婦で入院というのも、なかなか乙なものではないか(なんてことは、もちろんいってられないが)。

八月十九日(土曜日) 晴れのち曇り

このところ、朝、午前中は調子が悪く、午後になると、少し状態がよくなるという繰り返しを続けている。だが、そんな繰り返しのうちに、だんだん体力が下降気味となってゆくことは否めない。突発的なことがなくても、危険度が強まっていることは明らかだ。私の「アルプラゾラム」錠頼みも、少し拍車がかかりそうだ。まだ、一日一錠で済んでいるが。

四十年の結婚生活のうちで、妻と離れて別居生活をしていたのは、最大で三か月ほど。大学のサヴァティカル休暇(長期研究休暇)で、韓国のソウルにいたのが一回、インドのデリー大学が一回、北京の日本学研究センターに一回、シアトルのワシントン大学が一回だ。韓国の時は、二年間の研究休暇なので、ソウルの西大門地区にホテル+オフィスという、韓国製英語オピステルの部屋を借りていた。妻も行ったり来たりの生活を続けるつもりだったが、さしたる用事も用件もなく、結局、飼い猫の世話に妻は日本へ戻り、私は一人であまり所在のない韓国生活を続けた。

その間、二人でギリシアのエーゲ海ツアーに参加したり、中国や台湾などに行ったりしたことが、研究休暇らしい過ごし方だったといえるだろうか。エーゲ海ツアーでは、日本語ガイドでも韓国語ガイドでもなく、英語ガイドのグループに入れられたから、ロドス島やミダス島などの島々の見学でも、みんなについて行くのが精一杯、ガイドのおばさんが、先頭を切ってついてくる私たち夫婦に感心してか（みんなとはぐれたら困るから）、やたらと英語で丁寧に説明してくれることが、むしろ重荷だった。私たちは、単にバスの時間や、出航時間に遅れないように、案内のガイドさんにくっついて廻らなければならなかっただけなのだが。

オリンピアの丘の頂上には、亜子は昇らなかった。山道の途中で休んでいるということで、私は他のツアーの人たちといっしょに上まで上った。頂上の草原を昔のオリンピアの競技者のように走ってみた。今から思えば、そんなに元気だったのかと、我ながら感慨深いものがある。この時は、トルコのエフェソスの神殿にもいった。ヨハネが黙示録を書いた洞窟の部屋や、聖母マリアが生涯の最期を迎えた（とされている）教会などを廻った。

パルテノン宮殿の丘を眺められるホテルの屋上で、月の光で夕食を摂ったことなどが、この旅の貴重な思い出だし、メテオラの修道院は、怖いほどの断崖の上にあり、私は窓から下の風景を見るほどの余裕もなかった（この旅が私たち夫婦の最高の日々だったかもしれない）。岩山の上に建てられた尖塔を持つ教会は、孤高というのにふさわしいたたずまいだった。

インドのデリーに長期滞在（三か月）した時は、最初の一週間ほど長男の岬がいっしょにいたが、最後まで私一人でデリー大学のインターナショナル・ゲストハウスに起居していた。朝は部屋の窓ガラスを叩く猿たちの物音で起き、トースト二枚に目玉焼き、そして紅茶という朝食を摂る。この時、私には日本の醬油の小瓶が必需品だった。目玉焼きにかけ、パンをひたして食べるのだ。午前中に大学院学生を相手に日本文学の作品を輪読。授業はそれで終わり、午後は、近所の屋台店でチョウメン（中華風焼きそば）やハンバーグの昼食を摂ったあと、バナナやオレンジの果物を買って宿舎に戻ろうとしたら、キャンパスのなかに棲みついた猿たちに道路をとうせんぼされ、バナナ一本を進呈しなければ通してもらえなかった。ボス猿を中心に、メス猿や子猿、赤ん坊猿まで一家総出で待っているのである。野良犬、野良猫、野良牛も多く、猿やリスも徒党を組んでキャンパス内を我が物顔に歩いていた。インドの最高学府では、人間と動物が共生しているのである（これはインドの一般社会でも同じだ）。

ベナレスでは、ガンジス川のガートで、薪の上で死体を焼いているのを見た。川岸に粗末な集会場のような建物「死者の家」があり、そこに貧しげで、毛布一枚、サリー一枚をまとったような老人や病人が寝起きしていた。彼らはインドの各地からこのガンジスの畔にやって来て、死ぬまでの間に、観光客から喜捨を貰い、自分を焼くための薪代を貯めようとしているのだ。ガンジス川のこちら側には薪にするような木はなく、結構いい値段で、自前で薪を用意しなければならない。よく焼かれ、灰になって、ガンジスの流れに撒き散らされるのが彼らの希望で、薪代がなければちゃんと灰になるまで焼いてもらえないのだ（そうでなければ、生焼きとなって、川辺に捨てられ、犬に喰われてしまう）。薪の供給はガンジス河の向こう岸の地域からで、それを売り買いする商売はとても実入りのいいものだと聞いた。カースト制度では最低のアンタッチャブル（不可触賤民）だが、成金的な富裕層も少なくないという。

一時帰国した時に、妻にそんな話をしたら、インドに行きたいとは言い出さなかった。私が外国の大学に長期滞在（サヴティカル休暇や客員教授）することを、妻は「島流し」と密かに呼んでいたようだが、こうした体験ばかりを強調して話したからかもしれない。

インドのコルカタで見学した、マザー・テレサの「死を待つ人々の家」も、私のホスピス観に暗い影を投げかけた。コルカタ（カルカッタ）の市内にあったその家は、扉の外に入りきれない人々が順番を待つように路上生活をし、薄暗い内部には粗末なベッドが並び、大勢の病人が静かに〝死んだように〟横たわっていた。ちゃんとした電灯の灯りもないのだ。修道服のナースは少なく、基本的に治療や投薬などの医療行為はしていないという。予算も少なく、民間の献金や寄付に頼っている運営は難しく、収容者を限らざるをえない。「死を待つ人々の家」に入ることを待っている戸外の路上生活の人たちがいる。扉の内にいる人と、外にいる人たちにそんなに大きな違いはなさそうだ。だが、入れる人と入れない人とでは天国と煉獄の差異があるだろうそれが、私が〝ホスピス〟というものに出会った最初の体験である。

死ぬことだって、そう簡単なことではない。どこで臨終を迎えるのかは、個人の努力や計らいではどうしようもないことなのだ。運命としかいわざるをえないのか。こんな暗いホスピス観を持っている（いた）のは、おそらく私だけではないはずだ。

八月二十日（日曜日）晴れのちうす曇り

朝の八時半と正午の十二時、そして午後五時半に、聖路加病院のチャペルの鐘が鳴る。我孫子市の布佐にいた時には、早朝五時に、あまり近くもないお寺の梵鐘の音が聞こえてきた。早朝は他の物音がなく、鐘の音が四方によく響くのだろう。寝床のなかで、いくつ鳴るかを夢うつつに数え、またもう一度眠ったり、起きてしばらく読みさしの本を読むこともあった。

布佐にいた時は、起きて新聞を広げ、朝のお茶を飲むのが習慣ともなっていた。妻は、七時頃にならないと起きてこない。低血圧で、朝にすっと目覚めて起き上がってくるのが辛そうなのだ。緑茶を淹れ、新聞二紙を隅から隅まで読んだ頃に、妻が二階の自分の部屋のベッドから起きてくる。九時、十時頃が、ブレックファースト兼ランチ、すなわちブランチだ。トーストと目玉焼き、簡単なサラダ。私が料理のレパートリーは限りなく少ない。野菜炒めや焼きそば、冷やし中華などを作ったこともあったが、単調なメニューに、妻のみならず、私自身も飽き飽きしていた。といって、厨房男子になるような気分にもなれなかった。一度、肉ジャガに挑戦して、妻にも及第点をもらったが、たくさん作りすぎて、三日間、肉ジャガ漬けとなった。

月曜から日曜まで、特に出かける用件のない時は、こんな日常生活が続いていた。そして、これからも、それがずうっと続くものだと思っていた（少なくとも十年ほどは）。そんな怠惰といえば怠惰、律儀といえば律儀な生活習慣がいつごろからかでき上がっていて、ある日、妻が「おっぱいが腫れているの」と言い出した朝までは、それが半永久的に続くものだと、何の根拠もないのに、そう思っていた。今から思えば、それが小さな、小さな変化の始まりで、後戻りのできない不可逆な非常な事件（事態）のプロローグだった。

大学の同僚だった鈴木晶氏（彼は停年退職の直前に奥さんに先立たれた。あとで知ったことだが、奥さんはガンで聖路加病院のホスピスで亡くなっていた）の翻訳した本に、エリザベス・キューブラー・ロスの『死ぬ瞬間　死とその過程について』（中公文庫）がある。その本には有名な件りだが、末期ガン患者が自分の「死ぬ」ということについて、五段階の過程を経ると書いてある。第一段階は否認と孤立、第二段階は怒り、第三段階は取引で、第四段階は抑鬱、そして最後の第五段階が死の受容ということになる。ほとんどの患者さんが、こうした五つの段階を経て、自分の死を受け入れると、ロスは語っている。もちろん、死んでしまった人に口はないのだから、それを実証的に明らかにすることは困難である。彼女は、精神科医としての観察や、末期ガン患者へのインタビュー、観察記録などを基に、こうした「死に至る過程」の心の五段階を記述したのである。

亜子のこれまでの経緯を見ていると、頷けるところが多い。乳ガンだといわれたが、細胞のきちんとした検体検査までは分からない、外科手術でガンを削除してしまえば、元の通りの体になれる。乳房再生手術だって、最近は当たり前の標準治療となっている。そんなことを話していたのが第一段階、もちろん、なぜ自分がそんなガンなんかになってしまったのかという、誰にもぶつけることのできない怒りもあったはずだ。それは、初診で乳ガンと診断し、すぐに大学病院で外科手術をするようにと手配してくれた近所の病院の医者に向けられた。乳腺外科の専門ではなく、手術を斡旋してくれた病院の検査機械や医療機械が、旧式で信用ならない。妻はそう主張して、都心のいわばブランド病院での受診、出術、治療を望んだのである。我孫子の自宅から遠く、電車通院などが難しくなったら、どうすればよいのか。その時は、病院の近くに部屋を借り、通院に専念する、という方針が、妻と私の間でおぼろげながら、計画された未来図だった。

炎症性乳ガンという、乳ガンのなかでもとりわけ厄介なガンであったということが分かった時、妻の怒りは頂点に達した。最初の担当の女医さんの見立てが誤りで、手術日の設定なども遅きに失した。私も頭から〝普通の乳ガン〟と信じ、外科手術によって治療可能と思っていた（信じ込もうとしていた）ので、答える言葉がなかったのである。

外科手術、放射線手術、抗ガン剤治療という段階で、比較的穏やかな時期が続き、これが第三段階の取引に当たるかもしれない。完治することはない、乳房の再建も無理だ。ただし、リンパ浮腫で腫れ上がった右腕の痛みや、胸部にできた潰瘍は、対症療法的に痛みや傷口を軽減できるかもしれない。命取りとはならない浮腫と潰瘍を我慢する代わりに、ガンそのものの進行は止まり、転移や再発も今のところは、それほど心配しなくてもよい。食欲や精神力、声の張りなどが衰えることもない。乳ガンと妻とのそんな取引が、成立しているようにも感じられたのだ。毎週、抗ガン剤治療のために、都心へ出る。上野・東京ラインのグリーン車で、東京駅まで出て、築地の病院までタクシーを走らせる。私も極力同行したが、一人で通院することもあった。通院の日には昼食に近くのホテルの階上レストランで、ランチのバイキングを食べるのが通例となっていた。ホスピスに入院するその日までは（ステーキやカレーライスやソフトクリームがついたランチだ）。

第四段階の抑鬱の状態とはどんなものだろう。ホスピスに入った時点で、もはやこの病棟から出てゆくことができることは、ほとんど諦めていると思う。ただし、夫の私がいうのは何だけれど妻は、結構精神的に強いと思う。ジャマコと二人で、マンションの部屋にいると淋しくてならないと愚痴ると、「それぐらい我慢しなさい」と、強い言葉でいう。自分勝手でわがままな亭主には慣れているはずだが、それほどの弱虫、泣き虫とは思わなかったということだろう。妻の父親や母親の死に目に遭った時も、それほど涙を流さなかった。私のような泣き虫ではなかった。男と女の違いがそこにもあるのだろうか。

キューブラー・ロスの段階でいえば、妻はもう第五段階、死を受容する段階となっていると思う。オプソ、すなわちモルヒネの水溶液で痛みや呼吸困難を緩和している段階で、譫妄とはまではいわないが、錯誤や混乱も少し起こっている。呂律が回らず、ナースの問いかけにも答えないこともある。これまではないことだ。

私が悲観的すぎるのかもしれないが、死期は近づいている。このことは、どうしようもない。死にゆく者の死の過程は、こうした五段階を踏むもののようだが、残される家族のほうにとってはどうだろうか。否認や怒りや取引などは、患者と似たような道筋をたどるかもしれない。ただ、抑鬱や受容という段階になるとどうだろうか。たとえば、私は「アルプラゾラム」錠で、不安や憂鬱な感情を抑制している。自分で完全にはコントロールできないとはまだ思っていないが、それでも薬に頼る気持ちが強い。なぜなら、これ以上の不安や悲哀感や憂鬱感に襲われれば、正常な心の状態のままで切り抜けられるという自信がないからだ。〝人間は、どんなひどい環境（心身ともに）のなかにでも耐えうるものだ〟というのを私は半ば信じているが、それの苦しみが軽減される方法があれば、それを試さないという選択肢など私にはない。死の不安や恐怖を押し殺すことも、それを従容と受け入れるような心境に自分がなるとは思えない。疲れ切ったり、あまりの寝不足で泥のように眠ったり、泣き疲れて眠ったりすることは十分にあるように思えるが、それは死を受容することとは違っているだろう。カルカッタやベナレスの「死を待つ人々の家」の収容者たちのように、体も心も枯れ木のようになって、〝ただ死を待つだけ〟の境地になるというのは、どんなものだろうか。それとも、彼らもやはり死の不安や恐怖におののき、恐れたのだろうか。

十階のラウンジで車椅子の老婦人を真ん中に、一家眷族が集まっている感じだ。一歳にもなっていないような男の子中心にその父親と母親らしい男女、その祖母と祖父だろうか、初老の夫婦と、

「大バーバ」と呼ばれているから、赤ん坊の曾祖母らしい。少しボケが入っているらしく、孫息子の名前をしょっちゅう間違えている。いちいち訂正しなくてもいいと思われるが、そのたびにみんなで曾祖母の呼び間違いを正している。

赤ん坊の父親の声が、孫息子の○○にそっくりだという。本人そのものだから当然だが、曾祖母は孫の男兄弟の誰かと勘違いしているようだ。だが、孫息子のお嫁さんとは、ちゃんとした受け答えをしている。以前はあまりしゃべれなかったところから、かなり回復したらしい。十階は十階だが、ホスピス階病棟ではなく、一般病棟の患者さんである。

電話ボックスで、母親の死を告げている声が聞こえた。若い男性で、会社を忌引きで四、五日間休みたいという連絡のようだ。そんな連絡などしなくて済む私は、幸せか、それとも不幸せ？

夕立から雷鳴。病室の窓から見えるビル群の間に稲妻が走る。激しく降る雨足に、路上の車も少なくなったようだ。

潮と八重ちゃんが新を連れてきた。寝起きの新は少し機嫌が悪い。それでも、ジージとバーバに会おうというと、機嫌を戻すようだ。小さな手で、バーバの手を触り、バーバという。点滴のポールに触りたがり、机のカギをおもちゃにし、ジージが抱き上げてもちっともおとなしくしていない。抱き上げないと、ベッドに横になったままの亜子には、孫の顔が見られないのだ。

病院のレストランで、子供用の椅子を用意してもらってお子様用のうどんを注文する。イチゴとバナナとりんごジュースがついて、ご機嫌だ。ミニトマトには、アレルギー源のマヨネーズがついているからよく拭いて食べさせる。ブロッコリーやしいたけは平気だが、あまり好きじゃないらしい。やれやれ、これからの孫の食生活のことを思えば、老爺（婆）心は絶えない。

岬と圭恵ちゃんも来たので、川村家の家族一同七人がそろう。いや、八重ちゃんのお腹の中にもう一人入っているから八人か。私と亜子で二人の子どもを作り、潮と八重で二人なら、結果的に現状維持だ（この勘定の仕方はおかしい？）。

今度、このメンバー全員揃うことになるのはいつか。そんなことを考えたら嫌になりそうなので、考えないことにする。土曜か、日曜ごとに集まればいい。ただ、子どもたちが帰ったあとは、ベッドの上の妻と私だけで、静かで、そして淋しい。

八月二十一日（月曜日）晴れ

ラウンジのテーブルで初老の男女が、葬儀の相談をしている。どうやら、年をとった父親が息を引き取ったようだ。八十二歳、ホスピスに入ってから四週間だという。前々日から物も食べず、目も見えなかったようだ。四、五人の親族が葬儀会社やお通夜や告別式の会場、さらには火葬場へ行くバスや車の手配、そこで出す食事や、法事の会食の場所などやご馳走を鳩首糾合している。しきりとケータイで電話し、いろいろな方面に連絡をしているらしい。長患いの患者のせいか、涙声にもならず、淡々と臨終の模様を伝えている。お斎《とき》の料理の相談の時などには微かな笑い声さえあがる。

昼間には、車椅子の老人を中心に、似た年輩の友人らしい老人二人、妻と娘さんらしい女性二人の計五人が、ラウンジの広い窓から外を眺めながら昼食を摂っていた。病人食はラウンジまでボランティアの人が運んできて、あとの人はコーヒーや紅茶を持ち込んできている。お見舞いの友人たちとの最後の昼餐というところだろうか。パジャマ姿の痩せた老人と、仲間の老人二人もあまり歳の取り方、痩せ方は変わっていない。病人を励ますというより、ご同行といった感じだ。車椅子でも、隅田川のリバーサイドの遊歩道などを散歩できたならばどれだけいいだろうか。ベッドのままでも、何とか屋上庭園ぐらいには行けないものだろうか。

ラウンジに坐っているだけで、いろいろな人生模様が垣間見える。萩原朔太郎が、郵便局や駅舎の待合室で、人生模様の断片を見るような散文詩を書いていたが、それよりももっと深刻な、悲しみやユーモアに満ちた人間の生活の歴史の断片が垣間見られるのが、ホスピスのラウンジかもしれない。もちろん、私のように、何か訳のわからないパソコンの仕事をしている人もいれば、備え付けの『サザエさん』の漫画を見ている人もいる。富岡多恵子さんの文章に、病院に入院した父親が、単行本の『サザエさん』を全巻読んで亡くなったという話を書いているのを思い出した。昭和の家族の理念型が、そこに描かれているからだろう。私は、七階のガン病棟では、ラウンジの書棚にあった中野孝次さんのエッセイ集を一冊、読み終わった。亡くなった人の文章がとても懐かしい。

考えてみれば、私の周りでも多くの人がすでに亡くなっている。祖父母はもちろん、両親もすでに亡くなっている。亜子の両親、弟の亮二くん、文学の関係者でも後藤明生、中野孝次、磯田光一、古山高麗雄、川村二郎、江藤淳、秋山駿、三浦哲郎、佐木隆三、川西政明、高井有一などの、いくらか個人的な親交のあった方も亡くなっているし、中上健次、李良枝も若死にしている（現在の平均寿命からすれば、彼らの死はとても早い）。同輩では『渇水』という小説で、文學界新人賞を受賞した河林満が、アルバイト先の作業中に脳出血で倒れて亡き人となった。実直な市役所職員だったのに、作家として自立するために、職を離れ、離婚・再婚し、小説を書きながら、アルバイト生活をしていたのだ。作家として自立するためには、安定した生活を捨てなければならないと思っていたようだ。そんな古めかしい観念を持っていた彼がいたましいと同時に懐かしい。工事現場の交通整理などをしていたという。露天の路上での仕事が、彼の命を縮めたと思わざるをえない。

年下だった鷺沢萠、見沢知廉、清水博子も、生前にちょっとした付き合いがあったが、印象深い死者たちだった。

八月二十二日（火曜日）晴れ

妻、亜子が生まれたのは、長崎県の崎戸炭鉱の町である。両親がそこで知り合い、亜子をはじめとして、兄と弟の三人兄弟だ。弟は四十代で胃ガンによって死亡（手術の失敗ともいえる）、兄も重篤ではないが肺ガンで、ガン家系ともいえる。

父親は大阪から崎戸炭鉱に鉱夫としての仕事のために流れてきたが（その頃の炭鉱はとても景気が良かった）、そこで妻の母親と知り合い、いっしょになった。貸本屋のような本屋、質屋をやってかなり稼いだという（これは崎戸ではなく、佐世保市内に出てきてからのことと思われる）。しかし、父親は酒飲み、ギャンブル好き（女好きだったかどうは聞いたことがない）、昔気質の文学青年（インテリではなかったが。九州時代には、上野英信氏や佐木隆三氏と知り合いだったといっていた）で、母親がせっせと稼いだ金を、消尽してしまうのが常だったそうだ。私たち夫婦や孫たちと浦安で同居していた時も、あまり夫婦仲はよいとはいえず、小遣い銭をせびり、朝から焼酎を飲んで酔っていたじいちゃんを罵るばあちゃんの声をよく聞いたと、孫である私の息子たちはいっている（私は義理の両親とはあまり関係せずに過ごしていた）。妻からもほとんど崎戸や佐世保の少女時代のことを聞いた覚えはない。成績が良く、詩や作文の得意な女の子。父母が本屋や質屋として富裕だったというのはいつも一時的なことで、とりわけ貧しいこともなかっただろうが、長崎の炭鉱町や佐世保の町で、別段、他と異なった生活をしていたわけではないだろう。男兄弟に挟まれた一人の女の子。母親は古いカカア天下的な女性だったから、出しゃ張ることはないが、男の子に負けないような女の子に育て上げようとしたのではないか。口うるさく、自分の考えたことはほとんど変えることがないという、一面頑固で独善的な性格は母親譲りのものと思われる。ただし、そんな母親を見ていたから、自分は、もっと自由な気持ちで他人や社会と接したいという気持ちも持っていたようだ。

後日、義母の書いた亜子の育児日記を見つけたので読んでみると、長男に次いで初めての女の子なので、両親はいろいろと衣服を新調して、可愛がったとあった。亜子の記憶――母親は兄だけを偏愛して、自分は女の子でかなり損な立場だった――とは、かなり差異があるので、ちょっと驚いた。家族のなかでの思い出や記憶といったものは、そんなものかもしれない。

父親の遊び人気質は、どうも実の兄に受け継がれたのだろう。夫となった私には、文学者的気質はあっても、そうした遊び人的なところは、一切ない（その意味で朴念仁である）。それが、私たちの結婚生活が、大して波乱もなく続いた理由だと思われる。

私が妻と知り合った学生時代は、両親は千葉県の市原市に住んでいた。三井造船の本工から事務職に拾われ、会社員として勤まっていた頃だ。会社を退職してからも、独身寮の管理人に収まり、母親はその建物の一角で食パンや菓子パンの小売をやっていた。空き部屋に身重の娘（二人目の息子を妊娠していた）を一時住まわせ、そこ《ここ》で身二つとなった。長男はその前年に南行徳の狭いマンションに住んでいた時代に浦安病院で呱々の声を上げた。長男の、住んでいた千葉県生まれは不思議ではないが、なぜ次男が神奈川県の病院で生まれたのか、と聞かれて、そういえばそうだったと、私も思い出したのだった。私も妻も、母方の父母のことを話したことはほとんどなかったのだ（私自身もよく知らなかった）。

私の両親は貯金以外の利殖方法の才覚と、商売人の性格は一切ない人間で、私のきょうだいとその連れ合いも、株とか相場とか、競馬・競輪はもとより、パチンコや宝くじや月賦ローン以外の借金にさえ縁のないような人物たちだった。だから、ギャンブルで金を儲けることも損をすることもなく、堅実でささやかな小市民的生活を全うした。

そういう意味でいえば、妻の家族は、やや破滅型（じいちゃんは特に）で、文学者としてはそちらのほうが似つかわしかったかもしれない。私との結婚（その時、私は無職の文学者志望の若者だった）を妻の両親が承認してくれたのも、文学者志望者としては真面目な性格の私を認めてくれたのかもしれない。もっとも酒飲みの相手としても、酒量でもあまりひけをとらないところも気に入った点（じいちゃんに）かもしれないが。

亜子の子供時代のことはほとんど何も知らない。崎戸小学校に入学して、四年生の時に佐世保小学校へ転校、中学校は千葉県の市原中学校で、学校時代、成績は良かったと自慢していた（私は小・中を通じて成績は中か、中の上程度だった）。作文コンクールで入賞したこともあったという。私はいつも、子供の頃、作文の天才と言われた人で、作家として大成した人はいない、とまぜっかえした。小学生時代、私は作文が苦手だったのである。

小学生、中学生の時にはどんな女の子だったのか。古いアルバムの写真も少なく、おしゃまな、平凡な女の子というセーラー服姿の写真が数点あるだけだ。中学校で成績が良かったので、それで千葉県では女子校としては進学校であり、名門の千葉女子高等学校に入ったことは、やはり自慢として聞いたことがある。女子校だから、一般の男女混合の高校とは、やはり違ったところがあったようだ。

千葉女子高では、デートの相手としては千葉高校のエリート学生だったらしい。一度、憧れの男子生徒とデートをしたが、新しい靴を履いていったために、足が痛く、デートは失敗だったという笑い話を聞いたことがある。ウブな女子高生の微笑ましいエピソードである。

亜子と前後して、大腸ガンが発見され、お互いに励ましあっていたが、昨年（二〇一六年）末に死去した吉田妙子さん（旧姓・君島）と友達となり、学生時代には、二人で交換日記をしていたということを、吉田さんへの追悼文で書いていた。当時の、女子高生らしい習慣である。大学は、早稲田の文学部を目指していたらしいが、女の子は浪人してはいけないということで、現役合格した法政大学文学部日本文学科に入学した。文芸部に入部して、私と知り合ったことは前述した。学生時代は安部公房を専攻して、小田切秀雄先生のゼミに入った。卒業論文の安部公房論が評価されて、大学院に残らないかと小田切さんにいわれたというのが、やはり自慢話の一つである。しかし、兄、弟とも私立の大学生という家庭のなかでは、大学院進学はあまり現実的ではなかったらしい。本人も、文学の道を進みたいとは思っていたようだが、研究者になる気持ちはなかった。その当時の社会情勢もあって、私も研究者や学者の道を進もうとは思っていなかった。〝大学解体〟や〝アカデミズム批判〟が盛んに語られていた。私と同年輩の法政の卒業生で、教授職に就いたのは、私の同僚で、のちに法政大学初の女性総長（理事長兼学長）になった田中優子氏ぐらいではないか。バリケード・ストライキで授業は一年近くもなく、内ゲバ騒ぎに明け暮れしていた大学一、二年生の時期に、学問・研究の雰囲気などどこにもなかったのである。

大学闘争が盛んななかで、私は流行にかぶれ、ヘルメットをかぶったり、タテカンを出したり、ビラ書きをしたりしていたのだが、亜子は政治意識は高くなく、そうした運動に参加しようとはしなかった。政治セクト間の対立が過激化し、内ゲバが暴力による殺し合いにまで発展した嚆矢は、私と亜子が所属していた文芸サークルの隣の部室内で、革マル派の早稲田大生が中核派によるリンチによって殺されたことだった。六角校舎と呼ばれた法政大学のキャンパスの中心にあった古い建物で、サークルの部室があり、全共闘系の学生団体、組織が占拠していた。

ある朝、私がサークルの部室に〝通学〟(授業はなく、私たちは教室ではなく、部室に毎日通っていたのである) しようとすると、入り口にはロープが引かれ、入れない。仲間たちの溜まり場となっていた喫茶店にいって、昨夜、六角校舎で殺人事件があり、死体が近くの厚生年金病院の前に遺棄されていたということを知ったのである。バリケード・ストライキによって閉鎖されたキャンパス内は、〝自由〟と暴力と破壊のはびこる空間となっていたのだ。

八月二十三日(水曜)

朝、八時に病院に来て、シャント手術を受ける。手術着に着替え、紙パンツをはいて、手術台に横たわる。クーラーが利いていて、寒い。ものものしい機械類が並び、左手の手首だけに部分麻酔をして、手首の静脈と動脈を結びつけ、人工透析のために静脈を太くするための手術だ。さほど危険なことも、難しいこともなく、若い二人のドクターが、専門術語を交わしながら行う、一時間半ほどの手術だ。執刀医の温かな指が、肌に触れる感覚があるくらいで、痛みなどの感覚はまったくない。足が震えるのは、寒さのせいか、不安のせいか自分でも分からない。時々、手術助手の人が声をかけてくれるのが心強い。眠るわけでもなく、完全に覚めているのでもない時間が、ただ流れてゆく。ただ、早く終わってくれないかな、うまくいっているみたいだな、と切れ切れに思うぐらいだ。妻が、乳房の切除手術した時はどんなものだったのだろうか。全身麻酔だから意識はなかっただろうが、寒さのようなものは感じていただろうか。四階の手術待合室で、ただぼんやりと手術の終わりを待っていたことを思い出す。三時間も、四時間もかかったような気がするが、手術後がどうだったかは、思い出せない。ようやく、シャント手術が終わったと思ったら、静脈の流れが悪いというようなことで、十分ほどでやり直しとなる。心電図や酸素量を測定する器具をつけ直し、手首に冷たい液体が流れるのを感じる。それも無事に終わり、車椅子で九階の病室まで運ばれる。歩けるのだが、転んだらまずいということだ。

病室は、病院でも三室しかないという最高級の個室。差額ベッドの病室は、一泊十万円のＶＩＰルームだ。広々として見晴らしも良く、付き添いのスペースもゆったりとしている。たった一日限りだが、思い切った贅沢だ。だが、病室の空きの関係からこの病室になったので、今回は、差額料金はなしという。病院でラッキーなことに出会うというのはめったにないことだろうが、まさにラッキーだった。妻と代わってやりたかった。地獄の沙汰も金次第（？）なのである。退屈紛れに、電動ベッドの頭や足の部分を上げたり下げたりして遊んだ。孫の新がいたら喜ぶだろう。

ただ、後で聞くと、私が朝早く病室に顔を出しただけで、いなくなったので、亜子はひどく心配したそうだ。ナースに何度も「お父さんは、どこにいるの？」と訊ね、後で私がかかっていた腎臓内科のナース・ステーションの方で調べてもらうというと、「私にはそんな時間がない。待てない！」と一騒ぎだったそうだ。正常な精神状態とは思えなかったほどだったそうだ。

私自身は、妻に余計な心配をかけまいと思って、シャントの手術が終わり、車椅子を使わずに歩けるようになってから、一階上の妻の病室に行こうと思っていたのだが、かえって心配させる結果となってしまった。妻の気が弱ってきて、神経がぴりぴりしていることの証明だろうか。一人でいることが、やはり不安なのだろう。

潮が来て、広々とした病室を見て、感心して帰っていった。両親二人が入院では、子どもたちもやっていられない。

八月二十四日（木曜日）快晴

今日から亜子の病室が移った。あれほど、恐れていた、一泊六万円となる差額ベッドの部屋である。亜子の意識は朦朧としている。部屋を移ったことをはっきりと認識しているようには思われない。患者家族の要望ではなく、あくまでも病院側の都合によるものだと説明しているつもりだが、どこまで理解しているかは分からない。

でも、部屋は広く、窓も二箇所あって明るく、付き添い用のソファベッドもあるので、今夜からは私は泊まり込みだ。日中にマンションの部屋に〝通勤〟して、ジャマコの世話をしなければならない。下着類、タオル類、洗面具など、旅行用カバンに詰めて、運んできた。このカバンは、妻の死んだ弟の亮二くんが使っていたもので、形見として私がずっと愛用していた肩下げのもので、シャント手術した左手では重たいものを持ってはいけないのである。時計も右腕にはめ替えた。

病院内の移動は、最初の七階のガン病棟から、緊急集中治療室（最初は、内科のＩＣＵベッドが空いていなかったので、心臓血管外科のＩＣＵのベッドに入れられていた）。そこからいったん七階の一般病室に戻って、すぐにホスピスの無差額ベッドの病室へ、そして差額ベッドの病室と五回目の引っ越しだ。本人は同じベッドのままでの移動だから負担は少ないと思うが、付き添いの家族としてはちょっと落ち着かない。ただ、今回は料金も高い（差額費用、一日、四万五千円）ということもあって、部屋としては設備も、眺めもいい。応接セットもあるから、ナース・ステーションから折り畳み椅子を借りてこなければならない不便は解消された。ただ、ここがひょっとすると、〝終《つい》の住処《すみか》〟となるのかもしれない、と思うと気分は決してすぐれないのである。

夜中、変な夢を見た。妻のベッドの周りに大勢の人が立っている。しかし、全員が全員、知らない人たちだ。妻が起き上がっているので、一瞬治ったのかな、と嬉しく思ったが、何か宙に浮かんでいるような気がする。大勢の人たちの顔が一人一人とてもリアルに見える。夢とはとても思えないリアルさだ。

一人の男に銃を突きつけられて、私はどこかに監禁されるために連行される。持っていたトウモロコシ（?）で、銃を叩き落とそうとするが、先手を取って撃たれるばかりだ。夢なら覚めたいと思った。覚めたら病室のソファベッドのなかだ。奇妙な現実感が消えて、むしろこちらのほうが夢のなかのようだ。妻の息遣いの音が聞こえていて、正直、ホッとする。これまでは、苦しげな寝息に心が休まらなかった。しかし、今は苦しくても呼吸していてくれるだけで有難いと思った。

夢を反芻した。大勢の他人の顔をした人たちは、この病院や病室で亡くなった人たちかもしれないと思いついて、ぞっとした。見知らぬ顔ばかり。喜ぶでもなく、悲しむでもなく、まさに〝他人の顔〟そのものだった。あまりにもリアルだったので、夢というより、寝しなに飲んだアルプラゾラム錠のせいかもしれない。夢や幻想というより、幻覚だったかもしれない。不安や恐怖心はかなり抑えられていたから、薬の効果は効いていたようだ。ただし、こんな幻覚を見たというのは、やはり薬のせいか。今までに経験したことのない〝夢うつつ〟なのである。この病室でどれだけの人が死んだのだろう。その怨念が、私にこんな夢を見させたのだろうと思うと、穏やかな心ではいられないのだ。

八月二十五日（金曜日）晴れ

亜子は、朝から非常に調子が悪そうだ。朝食はまったく食べられない。薬を飲むのも辛そうだ。お茶やりんごジュースで、ようやく〝朝の義務〟を果たす。朝昼晩の薬を飲むのと、夜の点滴と、昼間の包帯替えが一大イベントだ。食べ物だけでなく、経口薬も無理となったら、栄養補給も、薬も点滴や皮下注射しかなくなるだろう。これまで読んだ本から教わったのは、それが死へのカウントダウンということだ。

ホスピスに入った時から、単なる延命だけの治療は行わないことを決めていた（そうした誓約書のような書類があった）。たとえば、経口の食事によって栄養が摂れなくなった時にも胃瘻《いろう》の施療は行わないとか（もちろん、点滴による栄養補給も）、心臓マッサージとか、延命のためだけの輸血や酸素吸入などを行わないといったことがらだ。電気ショックなどによる蘇生術などは、当人にも医療者にも家族にも、精神的（身体的）な苦痛を与えるだけのもので、少なくとも末期ガンの患者に施すべきものではないだろう。

朝から発した言葉が「足が動かなくなった」と「目がまぶしい」だ（あとで知ったことだが、目がまぶしいのは、血圧が急激に下がった時の体調の異変の一つだ。私は自分がそれを体験することによって初めて実感した）。足をさすってやったら感じるというから、まだ大丈夫だといってやった。ブラインドを下ろして、目に直接入るような外光を遮った。弱々しげな亜子の様子に、涙が出てくる。午後になれば、少しは回復するだろうか。昨日の胸のレントゲン撮影の結果を聞かなければならない。右の肺の水が広がっているだろう。モルヒネ（オプソ）の量を増やせば苦痛は少なくなるが、意識は失われてゆく。別に、もう何も話すことなどないが、最後まで何かをいってほしい。

私のところに電話をしてきた仕事関係者（編集者が多い）みんなが、最後まで何かをいってほしい。やさしくて、可愛らしい声だというのである。「実物を見たらがっかりするよ」と、いつも冗談にまぎらわせていたが、声美人というのがいるのなら、妻がそれだ。外国へ行っていても、電話で妻の声を聞くと安心する。まあ、これはすべての夫婦間でいえることだと思うが。

現在ならともかく、ちょっと前までは、外国から国際電話をするということは、結構面倒なことだった。特に、中国の地方やインドから電話をかけるのは、一苦労を要するものだった。「なあに、何の用？」という不愛想な妻の応答に、「いや、声が聞きたかっただけ」という本音をいえずに、どうでもよいような要件を無理にひねり出したことも一度や二度ではなかった。時差を考えて、妻のいる時間を見図らって電話をしたのに、何度コールしても電話に出なかった時は、何か変わったことがあったのではないかと、気を揉んだこともあった。インターネットで簡単に国際通信ができるようになってからは、写真をそのまま送ったり、訪ねた国や街、場所だけを記したメールを「世界生存情報」（外務省が出している「世界安全情報」のモジリだ）の題名で送った。妻の側からもそれに見合ったごく短いメールが、ニューデリーや北京やシアトルのホテルに送られてきた。

かなり昔のことだが、神楽坂上の赤提灯の安酒場（居酒屋）で酒を飲んでいたら、隣のテーブルにいた若い女性（たぶん三十代ぐらい）が話しかけてきたことがあった。大衆酒場で女性一人が酒を飲んでいる（コップ酒）のも珍しかったが、おじさん二人（私は、酒飲み友達といっしょだった）に、女の方から声をかけてくるのは珍しい。少なくとも私は酒場やバーには何百回といっているが、そんなことは初めてだ。そっちのテーブルでいっしょに飲んでいいというのだから、おじさんで良ければ大歓迎だ。私たちは、酔いの勢いもあって、彼女と酒の席で盛り上がった。

私の話を聞いてほしいという。もちろん、私たちは頷いた。しかし、話はいささか深刻だった。彼女は今日、病院へ行き、ガンを宣告されたというのだ。何のガンかは忘れてしまったが、決して軽微なものではなかったようだ。ショックだったという。当たり前だ。地方から東京に出てＯＬをしている。仕事はやりがいがあり、気を引く男たちもいるが、今の所は独り者で、アパート暮らしだ。近くに、誰も相談する人がいない。いても、親戚や友人や知り合いだからこそ、いいにくい。だけれど、誰かにこのことをいいたいのだという
のである。

安酒場で、見ず知らずの男に声をかけるなんてもちろん初めてだ。一人でコップ酒を飲むこともなかった。でも、今日という日は、そうしたい。気の良さそうなおじさん（私たちのことだ）に、自分のことを話したかった。いや、誰でもいい。少しでも同情してもらい、あるいは冗談だろうと笑い飛ばされ、いっしょに自棄酒《やけざけ》のようにお酒を飲みたい。彼女の話は、あらまし、こんなものだ。

だが、私は酔ってはいたものの、彼女の話を全部本当だとは思わなかった。彼女は、若い女にモテそうもない二人のおじさんをからかって面白がろうとしたのか、あるいは少しの酒代や肴代をねだろうとしたのか。

　でも、今になって見ると、彼女の話は全部本当だったとも思える。ガンかもしれない、ガンである、ガンになった。誰にでもいいから、そのことを聞いてほしい。もちろん、慰めや、あらぬ希望を持たせてほしいというわけではない。た、それを聞いてくれる聞き手がほしかったのだ、と。不安、恐れ、諦め、希望、絶望、自暴自棄、期待、奇蹟、何でもいい、自分の感情をありのままにさらけ出したかったのだろう。

　彼女がその後どうなったかは、まったく知らない。おためごかしの慰めと、酔生夢死の夢と、他人の病気や運命に対して、救いようなんかあるものかと、彼女の心を逆なでするようなこともいったかもしれない。手術や治療の成功を祈って乾杯したりしたかもしれない。酔って酒で汚れたテーブルに突っ伏した彼女をそのまま見捨てて、ハシゴ酒のためにその店を出たのかもしれない。酔った女にからまれるほど、始末に負えぬ、厄介なものはない。そうそうにそこを逃げ出したものか。

　ただ、今になってみると、彼女が孤独感に責め呵《さいな》まれていたということはよく分かる。そして、それはほとんど救いようのない絶対的な孤独感であることも。ガンによらずとも、孤独死は悲惨だ。だが、悲惨でない死というものはありえない。なぜなら、すべての人が「生きている」ことに未練を持ち、肉体も精神も魂も、ひたすら「生きる」ことだけを望んでいるからだ。

　だが、死は悲惨で、いつも残酷なものかもしれないが、それをできるだけ安らかな、穏やかに生の階段を昇りつめるような死があってもよいはずだ。優秀で親切な病院を探すことは可能だろう。信仰心の篤い人たちの集まる教会を見つけることもできるかもしれない。しかし、ガンに冒された人たちは、その病気そのものが悲惨な上に、悲惨な死の道を歩まねばならないとしたら、それは本当に残酷なことだろう。ホスピスが、その解決策の一つになることは間違いないだろう。そう思いながら、もう、顔も姿もまるっきり覚えていない一人の若い女性を思い出す時、その時にできたことは、手を握り、いっしょに泣いてやることだったのではないかと、今になって思い当たるのだった。それにどんな好色な下心があったとしても。それが坂口安吾のいう「孤独と好色」の関係だと私は今も思っている。

八月二十六日（土曜日）

埼玉の姉、私、岬の三人で交替で泊まり込み。呼吸が苦しそうになったので、モルヒネの量を調節してもらう。意識が減退するから、何か言ったり、聞いたりしたいことは、今のうちに、というような話があった。

食欲はまったくないようで、私が持ってきているフルーツも、口にしたくないようだったが、キウイやスイカの小さなひと切れを食べるだけだ。薬や飲み物も飲み込みにくそうで、ジャスミン・ティーやロイヤル・ミルク・ティーを、ストローで、ほんの少しずつ飲むのだが、誤嚥が心配だ。

顎を持ち上げるような顎呼吸を始めると臨終が近いといわれている。しかし今のところ、鼻からの酸素吸入は酸素量を増やしてはいるが、それほど切迫したようには見えない。ただ、少しずつ息苦しさが増しているようで、指先で測る血液のなかの酸素量も、ともすれば数値が八〇台になったりする（九〇台以下は危険である）。備え付けのソファベッドに私、付き添い用の簡易ベッドを借り、それに岬が眠り、交替で見守ることにする。シャワーは、築地のマンションの部屋に帰って済ませ、食事は病院のレストランや、売店で買ってきたお弁当などで済ます。外食も可能だが、外に出ている間のことが心配なので、長く病室を留守にはできないのだ。

韓国にいるヘレン・リーが私へのメールで、見舞いに行きたいといってきたが、韓国での外国人登録の更新のために月末の三十日までは出国ができないという。高校生の時に家族といっしょにアメリカへ移住した彼女は、カリフォルニア大学ロサンゼルス校（UCLA）で日本文学について学んで、米国籍を持っていて、韓国では外国人登録をして名門の延世《ヨンセ》大学の先生をしている。日本の大学で日本文学の研修をする時、私が指導教授となった関係で、私と妻と親交を持つようになったのだ。彼女がフロリダ大学の教授として滞在していた時は、私たち夫婦をフロリダに招待してくれた。庭にワニが出る（?）という広大な敷地を持った家で持ち主の大学教授が長期休暇の間ヘレンが借りて住んでいて、その中の一室を私たちに又貸ししてくれたというわけだ。

レンタカーを借り、彼女の運転でフロリダの海岸の観光地をめぐったドライブ旅行は、妻と私にとって生涯のなかでの一大イベントだったのであり、こよない思い出となった。フロリダのディズニーランドは、当然のことながら浦安のディズニーランドとそっくりで、ただ規模だけが大きく違っていた。浦安のディズニーランドが開園する直前、浦安市民だけを特別に招待するということがあって、当時浦安に住んでいた私たちは、新設されたばかりのぴかぴかのディズニーランドを訪れた。はしゃぎまくる幼い子どもたちは、今はいない。そんな短い旅の間の、ホームシック的な思いに私はとらわれたが、妻も同様のようだった。

ヘレンは、その後アメリカから韓国へと職場を移し、私たちとは韓国や日本でしばしば会い、楽しい時間を過ごしたのだが、妻の病気を一番心配してくれたのも彼女だったといえるかもしれない。月末まで、亜子の状態はどうなるだろうか。彼女からのメールを見ながら、私は返事のメールを書くことができなかった。来てほしいとも、来てくれるなとも書けない。韓国からわざわざヘレンが見舞いに来たら、妻が自分の容体が客観的にはそれほど悪いのだということを考えるのではないか。そのことが妻の気分を滅入らせることを私は怖れたのである。

八月二十七日（日曜日）

目を覚ますと、亜子はうまく回らない口で「テレビがない」という。病室を移ったので、今までの部屋のように、天井から吊り下げたテレビではなく、ベッドの横に中型の薄型テレビがあるのだが、ベッドに仰向けに寝たっきりになっている亜子には、横の左右は見えず、これまで見慣れていた天井のテレビが見えないのが不審だったようだ。病室を移ったことをきちんと認識できないのだ。あるいは、そうした意識が朦朧として、記憶が混沌としてきたのか。

特別病室は、窓も広く、二箇所にあるのだが、ベッドにくくりつけのような状態になっている妻にとって、広い病室を移ることは、何の意味もなかったのだ（元気な時は、「お父さんが楽をしたいためでしょう」と言っていた）。かえって、慣れていない部屋に移ったことで、不安を増すことになってしまったのかもしれない。

痰を自力で出すことが難しくなり、ナースにチューブを喉の奥に入れ、吸入してもらう。そのたびにゲーゲーと苦しむ亜子を見ているのが辛い。看護師さんの中でも吸痰にも上手い人・下手な人がいて、あまり上手くいかない場合は、担当を代わってもらう。モルヒネで意識を低下させているので、そんなに苦痛は感じてはいないはずだといい、体がそのような反応するだけだと説明してくれるのだが、やはり苦しいものは、意識が薄れても苦しいのではないか。ただし、痰を誤嚥すれば命に関わるのだから、仕方がないのだが。

尿道にカテーテルを入れ、人工的に排尿させる処置も行った。尿パッドやおむつでは、細菌感染のおそれもあり、本人にとってもそっちの方が楽らしいと聞かされたからだ。延命処置とは違っているが、妻の体にチューブがとりつけられるのは、自分の体のように嫌なものだ。処置や治療法など、妻の体のことを私がすべてを決めなければならない。痛みや苦しみは妻のものなのに、息子や姉にも相談するが、最終的には私が決断しなければならない。もう妻には自分の体のことについても何かを判断することができないのだ。「できない」ことの究極の形だ。

そうした病状なのに、一日に一回の胸の潰瘍の包帯替えは欠かすことができない。二人のナースが、包帯や塗り薬の準備をして、ベッドの亜子の上半身を起こし、三十分ほどもかけて、潰瘍を処置し、包帯を替える。これが、亜子の体力をかなり奪っているのではないかと私は案じているが、どうしようもないのだ。潰瘍部分を清潔にしておかなければ、傷口から細菌が入り、感染症になり、敗血症のような命取りともなりかねないからだ。

肺に水が溜まれば、注射針によって水分を抜くという治療法があるが、妻の場合はできない。その傷跡から細菌が体内に侵入する危険性があるからだ。これをこれまで数か月にわたって続けてきたのだから、その苦痛はどれほどのものだったか、想像もできないのだ。

夕方近く、突然、Y先生が亜子の病室を訪れた。乳ガンの摘出手術で執刀してくれたドクターだ。聴診器で心音を聞いたり、脈を取ったりしたが、亜子は意識がはっきりとしていない。私が「Y先生が来てくれたよ」といっても聞き届けたようには思えなかった。先生は、「抗ガン剤が効かなかったからね」と残念そうにいう。手術の後も、自分が執刀した患者のことは気にかかっていたのだろう。白衣を羽織っただけの外出着のようで、退勤する直前なのだろう。危篤状態であることが、関係したドクターやナースに伝わっているのだろう。もちろん、交代勤務だから、担当した患者が重篤であろうと、危篤になろうと、勝手に病室を訪れることはできない。完全なシフト制とはいえ、臨死の患者を最期まで看取ることができず、後ろ髪を引かれるように交替しなければならないドクターやナースたちの気持ちは、どんなものだろうか。付き添いの家族たちとはまた違った心の葛藤があるのかもしれない。

ただ私としては、亜子がついに最後の時を迎えたこととの例証としてしか思えなかった。こんな辛い、絶望的な時間を、なぜ、私は迎えなければならないのか。医者や看護師には交替があるが、家族にはそんな交替はありえないのだ。言っても詮無いことを、私は吐き出さずにはいられないのである。

八月二十八日（月曜日）

私が諦めてはいけないのだが、もう諦めざるをえないのかもしれない。だが、私は何を諦めようとしているか。亜子の命を、か。しかし、命そのものは亜子のものだ。私は私の希望を諦めようとしているのか。

亜子は浅い息をしながら眠っているだけだ。臨終の最期まで聴覚は残っているというから、亜子の耳元で私と岬は話しかけ続けている。潮は、スマホに録音した孫の新が「バアバ、バアバ」と呼びかける声を耳元で聞かせている。鼻から吸入させている酸素の量は変わらず、息遣いは穏やかだが、このままふっと止まっても不思議はない。この病室の空気をいっしょに吸っているのも、もうわずかの時間かもしれない。

交替で容態を見ているが、夜中に、岬が小さく呟いているのを聞いて、ふと目を覚ました。泣いて、「お母さん、ありがとう」と囁き続けている。これまで生き続けてくれたことが、子どもや私にとっては、とてもありがたいことだったのだ。

岬は、自分の会社が忙しい時に（小さなIT会社を経営している）、見舞いにも、看病にもよく来てくれている。ただ、母親の方が「みいちゃん、会社は大丈夫なの？」と心配している。小さな、若い企業だから、創業社長、自らが率先して働かなければやっていけない。私はサラリーマン失格を自ら任じているから、ただ息子のやることをハラハラ、ドキドキして見ているだけだが、妻はいろいろとアドバイスしていたようだ（社員の使い方や株式のことなど）。

仲のいい親子（母子）だったと思う。何年か前に、夫婦と息子二人の四人で韓国を旅行した時、「こんなに大きな息子さんといっしょに旅行するなんて！」と、驚かれ、感心され、そういうもんかと思ったことがあった。娘ならともかく、成人した息子たちといっしょに観光旅行する親子は少ないかと思い当たったのである。

お正月などには、私はそっちのけで、トランプのゲームをしたり、DVDを借りてきたりして、いっしょに観ている。「みいちゃん、うーちゃん」と子どもの頃の愛称で呼んでいる。その岬が、声を殺して、死にかけている母親に語りかけ、泣いている。数日前、病院食をほとんど受け付けなくなった妻が、息子夫婦が持ってきたピザを少し食べていた。何か食べたいもの、食べられそうなものを聞いた時に、ピザといったから買ってきたのだ。ほんの一口程度しか食べられなかったが、まともな食べ物を口にしたのは、おそらくこれが最後のものとなったのだろう。

亜子は意識がなくなりました。数日中に悲しいお知らせをしなければならないと思います。これまでのご厚情、亜子に代わってお礼申し上げます。(友人へのライン)

八月二十九日(火曜日)

ヘレン・リーが病院に到着した。羽田からまっすぐに聖路加病院に来たという。私は、涙を流しながら、彼女を病室に案内した。ヘレン・リーを見たら、亜子は自分に最期の時が来たことを感じるのではないかと恐れていたが、しかし、それは杞憂だった。ヘレンが妻の枕元に立った時、おそらく臨死の場合でも最後まで聴覚は残るといわれているのだが、「亜子さん!」というヘレンの呼びかけに、妻ははっきりとした反応は見せなかったのである。

私はラウンジで、ヘレンのお父さんの話を聞いた。ヘレンのお母さんが人工透析の末、亡くなると、彼女のお父さんは自分の家(ソウルにあった)に帰らず、ヘレンの狭いマンションの部屋に半年ほどいっしょにいて、その後、ようやく近くのマンションに引っ越したが、夕飯は必ずヘレンの所に来て、いっしょ食べるという。妻に先立だれた夫(鰥夫《やもめ》)の哀れさは一入《ひとしお》なのだ。

ヘレンは近くのホテルに泊まって明日また来るという。私は、意識の薄らいでいる亜子の病室に戻る。大きな変化はないが、死期が刻一刻と近づいている。最後と思われる胸の包帯替えが行われた。いつもは、私と家族は退席するのだが、亜子の最期の病気の姿を見ておこうと、病室にとどまる。ベッドの背を立て、ぐったりした人形のような亜子の胸をはだけ、包帯を取り替える。信じられないほど真っ黒に変色した胸。上半身を胸から背中までぐるりとガン細胞が覆っているのだ。目を背けたくなった。実際に目を背けた。ただ、目の底に刻みつけられたような黒い胸は消えなかった。亜子自身の細胞が、これほどの悪魔となって、亜子の死とともに自滅してゆく。悲しいというより、怖かった。目の奥の涙が乾涸びていくようだった。

亜子は、危篤状態になりました。意識はなく、血圧、酸素濃度も下降中です。でも、何とか頑張っています。奇蹟をお祈りください。(ライン)

亜子は、意識がなくなりました。あと、数日中に天国に召されると思います。亜子のことを忘れないでやってください。(ライン)

亜子は今、危篤状態で生死の境をさまよっています。あとは奇蹟を祈るだけです。(ライン)

八月三十日（水曜日）

ＰＭ９：20　亜子、死去。

九月六日（水曜日）

ジュリーさま　亜子の葬儀は、九月三日、とどこおりなく行いました。日本的習慣にしたがって、火葬にし、遺骨は壺にいれて、ジュリーと昔、近所の牧場に桜を見に行ったときに私が撮った写真を遺影として飾りました。亜子のことを思い出すときには、まだ病気にならない前の、元気な亜子のことを思い出してください。

私は、築地から、北海道の札幌市の妹の家にしばらく住んで、そのあと、一人で住むか、息子たちと住むか、決めようと思っています。心が落ち着いたら、南米や韓国や中国にも行きたいと思っています。このスマホは亜子のものですが、私がもらって使っています。悲しみを通り越して、今はあまりものを考えられず、ボンヤリしています。

II　透析室の冬

二〇一七年十二月十五日（金曜日）曇り

北海道大野記念病院に入院して四日目。人工透析の治療を受けるのも四回目だ。十一日、救急車で札幌の救急病院からこの病院に転送された。夜中に息苦しくなり、肺がぜいぜいというような感じがして、亜子が亡くなった時と似た症状だと自分で思った。隣室で寝ていた妹の邦恵《くにえ》を起こし、ちょっと息苦しく、疲労感が激しいから緊急診察をしてくれる病院を探してくれと頼んだ。もう十二時を回っている。救急病院に電話をしても、腎不全の患者の救急の透析はできないと断られ、何軒かの病院をたらい回しに紹介されたがどこも受け付けてくれない。結局、もとの救急病院の内科に行くことになった。

近所に住む長姉の娘である姪（偶然のことだが、名前は亜子という）に車を出してもらって、凍てついた雪道を病院へと走ってもらう。ともすれば、横滑りする山道を慎重に運転しなければならず、大変な道行きだ。対向車がまったくないのが、唯一の救いだ。

救急車からストレッチャーで病院内に運ばれ、外と較べてぽかぽかと暖かい待合室のソファに坐り、当直のナースから問診される。

すでに築地の聖路加病院で、慢性腎臓病と診断され、人工透析を始めなければならず、シャントの手術もすでにしてあり、病因はわかっている。わかっているけれど、透析の開始をずるずると延ばしてきて、今日に至ったということは、明らかだ。内科が専門の中年の当直医は、ここでやれるのは利尿剤を注射して、肺の水を出すくらいのことだといい、聖路加病院でのことや、妻のホスピスでのことを聞くと、命を粗末にするものではないと、とても真っ当なことを説教してくれた。それにしても、今夜来てよかった、明日ならあぶないところだったという。そういう自覚は私にもあった。

緊急病院では、それ以上の治療はできないからということで、またストレッチャーに乗せられ、救急車で大野病院に運ばれる。昔、亜子の付き添いで救急車に乗ったことがあるが、自分が横になって運ばれるのははじめてだ。若い救急隊員が、雪道で少し揺れますよとか、もう少しですからね、と声をかけてくれる。同乗した妹を「娘さんですか?」と聞いたのは驚いた。妹が若く見えたというより、私がえらく年寄りに見られたのだろう。六十代には見られなかったのだろう。

前日、東京から戻ってきた。潮夫婦と孫の新、嫁のご両親といっしょに改装された水天宮にお参りに行った。嫁の八重ちゃんが二人目の子を身ごもり（女の子だそうだ）、そのお参りに来たのだ。出産予定日は、三月の二十日前後だ。一人目の戌《いぬ》の日の御祈願の時もここに来た。その時には、妻の亜子もいっしょで、旧社殿が改築中だったため、仮の社殿だったが。近所のホテルでお祝いの食事をした。亜子も私も、元気だった。

新を抱いて石段を何段か上がろうとした時、耐えられないほどの疲れを感じた。身体中にだるさが滞り、息苦しく、目の前が異常なほどまぶしく、チカチカした。かろうじて倒れたり、坐り込んだりするのは耐えたけれど、これまでに経験のないような倦怠感だ。血圧が急低下したのだろう。お参りを済ませたあと、みんなでどこかで昼食を、ということになっていたが、はたしてそこまで歩けるだろうか。ソウルに岬たちといっしょに行った時、亜子がちょっとの道のりを歩けず、タクシーに乗って食堂に行ったことを思い出した。妻は何度か「歩けない」といったが、私は言葉半分にしか聞いていなかった。自分が同様の症状となって、その言葉が本当に身に沁みてわかったのである。

しばらく坐っていたら、何とか回復したが、我ながらもう限界かな、という気がした。聖路加病院の腎臓内科では、九月には透析を開始しなければならないといわれていた。それを四か月も延ばしてきた。腎不全からの尿毒症、そして死という道筋まっしぐらだ。

亜子の死以来、別に死にたいと思っていたわけではない。だから、自分の治療を疎《おろそ》かにしていたということではないのだが、結果的に腎臓病の治療を放棄していたということになる。臨終、通夜、告別式、さまざまな煩雑な手続きや儀式、仕事があって、悲しむ暇もないとよく聞くが、悲しむ暇も、悲哀にかきくれる時間もたっぷりあった。私も岬も潮も、泣けるだけ泣いた。モルヒネの投与によって意識がなくなった亜子に対して、私たちは泣きながら別れを告げなければならなかった。細くなった足のふくらはぎをマッサージしながら、これからの私や子どもたちや孫のことを、何の心配することなしに、安らかに眠ってくれることを願ったのである。

「私、もうダメみたい」、初めてそんな気弱なことを亜子がいったのは、亡くなる三日前か二日前のことだったろうか。「頑張り屋さんね」とナースに褒められていたほどの家内は、ホスピス病室に入っても、気丈で明るかった。遅くまで病室で付き添っている私に、はやく帰るのを促すことはしばしばだった。明日の朝に、またフルーツを持ってきてもらわなくちゃならないから、というのがその理由だ。歩いて五分とかからないマンションだし、飼い猫のジャマコがひとりぼっちで部屋の留守番をしている。洗濯物を干していることもあり、それを取りこまなければならない。私が帰ったあとの長い時間を、つつがなく過ごすことができるだろうか。毎晩、私は後ろ髪を引かれる思いで、灯りも少なくなった聖路加の通りを通ったのである。

ホスピスに入ったのだから、回復することを考えていたわけではないだろう。死ぬことは覚悟のうえだろうが、それがいつのことになるのか、願望まじりにかなり先のことと考えていたのではないだろうか。翌年の三月には、二人目の孫が生まれる。それまでは何とか保っていてほしいというのが、私たち（と亜子自身）の願いだったのだ。

ホスピス病棟に入っても、あまり弱気を見せたり、弱音を吐いたりしない亜子だったが、私が病室を離れている時に、チャプレンの牧師さんに話をしていたことがあった。信仰を持たない亜子が、病院付きの牧師であるチャプレンに何を話していたかは知るよしもないが、死のこと、死後のことを考える状況に追い込まれていたのだろう。

ホスピスの役割の一つとしてスピリチュアル・ケアがある。たぶん、日本のホスピスのなかでもっとも欠けているのが、霊的な癒しとしてのスピリチュアル・ケアだろう。キリスト教的な宗教性をほとんど持たない日本のホスピス運動には、根本的な何かが欠けているともいえる。俗世的な価値観しか持たない私たちに、霊的な救いはもたらされない。「あの世」があると考えることはできない。死ねば、その体は火葬され、骨だけが少し残される。亜子だった体は失われ、その姿は永遠に消えてしまう。私が考えられるのは、その程度のことだ。たぶん、私の体や精神が消えてなくなるまで、この悲しさや淋しさは消えてなくならない。そう思うと、私が「この世界」から消えてしまうことが、一つの解決法なのかもしれない。自分が死ぬということは、怖ろしく、苦しいことだろうと思うが、妻が病気となり、死ぬまでの過程を見ているうちに、自分もこのような過程を経て死んでゆくんだなという、諦めというか、覚悟のようなものが生まれてきた。それがどれほどの覚悟なのかは、臨終にでもならなければわからないが、亜子の死によって、その苦しみや痛みが消え去ったように、悲しみや淋しさが消えるのだと思うと、それは必ずしも苦しみだけのものではないかもしれない。少なくても死を考えても、深甚な恐怖に襲われるようなことはなくなった。死と狎れ合ったのだ。

あの世で再会できるとか、死後の世界での永遠の生活ということは、レトリックとしては理解しても、本当にあるとはまったく思っていない。この身体以外に、「魂」や「霊」といったものがあるとは思わない。失われたものが、元に戻ることは考えられない。つまらない、夢のない考え方だと思うが、仕方がない。私は一生、無信仰のまま生きるだろう。来世のあることを信じず、亜子と再び会えることを信じない。

川本三郎氏の『いまも、君を想う』という愛妻の恵子さんを食道ガンで亡くした追想の本に、「我が命絶えなん時は亡き妻のおもかげもまた消ゆるものかは」という歌があった。その通りだと思う。私という意識が失われることが、この悲しみも失われる時であり、それが私にとって、最後の希望といえるものだ。

十二月十六日（土曜日）雪

窓の外でザアザアという音が響いている。雨ではなく、雪だ。真っ白な空に山。斜めに雪片が舞い、地上では風が吹雪のように雪を舞わせる。六階の特別病室は窓が広く、レースのカーテンをあければ、宮の沢の家並みと山が見える。四人部屋から、この個室に移って二日目。新しく、広い病室は快適で、トイレも洗面室もぴかぴかで新しい。病院自体が新築されたばかりで、特別病室Bは六階に二部屋だけで、入るのは私が初めてだ。リハビリ室の若い男性の治療士も、特別病室Bは初めて見たといっていた。それでも、差額料金は一日二万一千円で、聖路加病院の特別室十万円や、ホスピスの六万円に較べると安いものだ。もちろん、東京の都心と、札幌の郊外とでは、土地や部屋の広さあたりの値段は比較にはならない。

最初は、四人部屋だった。緊急入院で、一般病棟で空いている個室はなかった。真夜中に担ぎ込まれた患者が落ち着くまで、同室の入院患者たちは落ち着けなかったことだろう。私の真向かいのカーテンで仕切られたベッドの患者は動脈剝離で長く入院していた人のようだった。ナースと親しく話をしているのを聞いても、リハビリをもうすぐ終えて、近く退院できそうな様子だ。私の隣のベッドの老人(私よりは)は、血糖値や血圧の不安定なことが問題になっているようだから、私と同じように糖尿病が進行しているのだろうか。便秘に苦しんでいて、座薬か浣腸かと看護師さんと話しているのを何気なく聞いてしまった。

もう一人は若い人で、心臓の手術を週明けに受けるという。結婚はしていないらしく、お姉さんが付き添いとして手術の時に立ち会うという。

この部屋は、もともと循環器・心臓内科の病室だから、心臓関連の大手術ということだろう。手術前の不安な夜をどうやって過ごせばいいのか。麻酔の薬によっては、正常な精神状態が保てなくなるおそれがあるから、その時は病院側の処置を受け入れるという同意書を書いてくれという。自分がどんな状態になるのかわからずに、すべてを病院側に任せてしまうというのも不安なことだろう。意識錯乱の場合もあるというから、恐ろしい。

同室病者の話をもっと聞いておきたいけれど、原稿書きの仕事もあるから、特別室（個室）への移動を病棟責任者の看護師長さんにお願いして、ようやく六階への移動が決まる。

十二月十七日（日曜日）雪、降ったり止んだり。

連日透析の四回目が終わった。透析室は二階にあり、最初の透析は、車椅子で運ばれ、室内の中央のベッドで行われる。静かで、適温の透析室は、真新しく、機械や設備もぴかぴかの新品である。宇宙ロケットや、ファーストやビジネス・クラスの飛行機の内部の座席を思わせるような（ファースト・クラスには乗ったことはないが）機械仕掛けのベッドが幾つも並んでおり、微かな機械音や信号音が聞こえてくる。透析中はポールに青いランプが光る。天井の照明がまぶしく、横に広い窓の外には雪景色が見える。

左腕のシャント手術のところを確認して、全身の血液をダイアライザー（人工腎臓）に循環させるためにシャントをした左腕に二箇所、針を射し、チューブをつなぐ。点滴のスタンドよりははるかに複雑な透析監視の装置で、これに一日、三時間以上つながれるのかと思うと、ため息が出てきてしまう。ナースと透析室の技能士とのやりとりがあり、透析が始まる。ベッドに横になっていても、左腕につながれたチューブの中を自分の血液が流れてゆくのがよく見える。ポンプで吸収した血液が、ダイアライザーの透析液で濾過され、また体内に戻される。真っ赤な血液の通過しているチューブが、垂れ下がったまま鼓動にともない微かに脈動するのを見るのは、陳腐ながら、これが自分の「生」なのかと感じざるをえない。

右腕には血圧計のカフ（腕巻）を巻き、透析の間、何回か圧縮して自動的に血圧を計測する。急上昇や急降下などの異変を監視するためだ。それ以外は、静かに、穏やかに時間は推移してゆく。東京（羽田）から札幌（新千歳）までの飛行時間より少し長い時間を、飛行機内の時間と同じように、ただただ時が過ぎてゆくのを耐えなければならないのである。

亜子が、うわごとのような言葉を発したのは、ホスピスに入ってから何日目だったろうか。それまでは、「水が飲みたい」とか「唇が乾いた」といった意思表示をし、ナースやドクターの問いかけにも応えていたのだが、意識が少しずつ薄れてゆくのが、見守っていた私にも、岬にもわかった。それでも、呼吸はそれほど乱れることもなく、指先で測る酸素濃度も九〇台で変化はなかった（一〇〇のうち九八程度が正常で八〇台はかなりの息苦しさとなる）。舌がよく回らないためか、あまり喋らなくなり、私たちも喋らせないように、黙って見守るだけにした。鼻から酸素吸入し、喋るとどうしてもチューブがずれて吸入できなくなるためだ。

亜子が何かを言っている。私と岬と嫁の圭恵《よしえ》ちゃんと姉のいる時だ。「よしえちゃんに、わたしの、いちばんいいきものを……」というのが、私たちが聞き取った亜子のほとんど最後の言葉だった。呂律が回っていなくて、最初は何をいっているのかわからなかった。岬が聞き取った。連れ合いの圭恵ちゃんに、自分が形見として残す一番いい着物を貰って欲しいということだ。苦しい息遣いのなかで、自分のことより子どもたちのことを思い、〝いちばんいいきものを〟といった妻の心のうちを推測し、私は涙ぐまずにはいられなかった。

最後まで、子どもたちと私のことを心配していた。気にかけていた。聴覚だけは、最後の最後まで生きていますから、というナースの言葉を聞いて、私たちは意識の薄れた亜子に、もう何も心配はない、と言い聞かせ続けていた。それは、私が自分に言い聞かせる言葉でもあった。

妻は、乳ガンとなり、それがそう簡単なものではないと知ってから、身の回りの整理を始めた。ネックレスや指輪などの装身具、気に入っていた衣服、思い切って購入したブランド品のバッグや小物、買い集めたり、いただいた陶器のセットや装飾品など、近所の奥さん仲間や友人、親族、訪問看護師さんなどに貰ってもらったりしたのである。私はほとんど知らなかったのだが、妻はそれなりに高価な衣服や小物を持っていたという（パリのルイ・ヴィトンの本店でバッグを買ったことは知っていたが）。貴金属はおばあちゃんから譲られたものもあったようだが、金製品など、まとめて売り払ったようだ。

衣服については、築地に引っ越しする時に、近所の仲の良かった奥さんに手伝ってもらい、夏物、冬物、礼服に区別して、それぞれ引き取ってもらうものと捨てるもの、形見として遺すものというふうに分別していたのである。これも私は知らなかったことだが、妻は結構衣装道楽（というほどでもないが）で、わりと高級なものを身につけていたという。ユニクロで十分という私に対して、ショッピング・モールの専門店や、デパートで買い物をしていたようだ（ただ、最後の買い物は、ユニクロだった。ゆったりとした病院着としての上着を、銀座のユニクロに買いに行ったのが、最後のショッピングであり、最後の〝おでかけ〟だった。高槻から亜子の従姉二人が見舞いにやってきて、銀座見物がてら買い物に行ったのだが、店のソファに坐り込んだままで、店内を歩くことはほとんどできなかった）。

それらのものは、私には分からないので、着古したものは捨てて、新しいものだけを私の姉や妹などに形見分けとして貰ってもらった。嫁たちには、少し地味すぎるものが多かった。

　妻が亡くなってから、私が自分で片付けたのは、小箪笥の中の下着や靴下やハンカチ類で、新品のものは、書庫の整理の手伝いに来てくれた大学院生に貰ってもらい、それ以外は捨てた。ハンカチやハンド・タオルは私が使うことにした。花柄のハンカチを私が使うのは少し滑稽かもしれないが、亡妻の形見といえば笑う人はいまい。身の回りの小物までは、妻の生前整理は及ばなかったのである。

手紙や書き付けの類もすでに整理したらしく、ほとんど残っていなかった。最後まで使っていたパソコンの中身として、書きかけの原稿の断片がいくらか残っていたが、翻訳の下書きや、手紙の下書きがいくつかあっただけで、まとまった文章はなかった。写真はアルバム以外に整理されていないものが、紙袋に入れられていた。少しずつ、整理してゆく予定だったのだろうが、こうした思い出の品に対しては結構思い切りの良かった妻だから、すべて捨ててしまうつもりだったかもしれない。弟の亮二くんの遺品や、岬や潮の子ども時代のアルバムも惜しげもなく廃棄していた（間違って捨てたのかもしれないが）。ただし、写真そのものは残していたが。

十二月十八日（月曜日）雪のち曇り

今日から月・水・金の透析。午後一時半から三時間の透析である。六階の担当のナースが迎えに来て、二階の透析室へ。体重を計り、透析で減らす水分量をドライウェイト（適切な身体水分量）まで機械で調節する。ベッドに横たわって、透析を始める。左腕に二箇所の穿刺《せんし》の注射がとても痛い。針はプラスチックのものに変えられるので、少々動いてもいいのだが、腕は曲げないでと念を押される。透析室には、いろいろな患者さんがいるが、透析している腕をしきりに動かす、介護士から「○○さん、腕を曲げないで」と注意される老婦人もいた。呻いている人もいれば、足が曲がらないと訴えている老人もいる。聖路加病院の透析室のような、照明を落とした、落ちついた雰囲気とは違っているようだ。

認知症が入っている患者もいるらしく、腰が立たない、足が動かないとしきりと苦痛を漏らす老人がいる。呻き声を上げる人もいる。車椅子で透析室に入り、病棟の看護師に車椅子で迎えに来てもらう患者は、透析室のベッドから車椅子への移動がしんどそうだ。もっとも、私も最初は移動べッドや、車椅子で運ばれたのだが。

私が人工透析の開始を延ばし延ばしにしてきたのは、もちろん週に三日、一日三、四時間、腕に穿刺された針を入れられたまま、身体中の血液を濾過するという透析治療そのものが嫌だった（恐怖だった）ことはいうまでもないが、体のなかの血液を外部に取り出し、それをまた体内に還流させるという透析のやり方自体に不満、不信のようなものを持っていたからだともいえる。

それは、私の死んだ母が、糖尿病から来る慢性腎臓病で長い間人工透析を受けていたということがあったからだ。八十三歳で母は亡くなったのだが、それまで人工透析治療に通い続けた。私が覚えている限りは太っていた母が、だんだん痩せてゆき、最後には足も骨ばかりの細さになって、十二年間の透析治療の果てに心不全で亡くなったのである。

母が亡くなってから十三年が過ぎている。腎臓病となり、透析治療に入ってからでも三十年近くが経っている。それなのに、腎臓病の治療が腎臓移植か、腹膜透析か、人工透析かの治療法がないのが不審だったのである。

腎臓という臓器は、いったん悪化すると回復することはない。悪化を根本から〝治す〟ことはできず、それ以上の悪化を食い止め、同じ状態を何とか維持することが治療の目的とされるのである。素人考えだが、なぜ悪化した腎臓の機能を回復させるような医療が研究、開発されないのか。聖路加病院の腎臓内科にかかっていた時、血圧降下剤や血糖値を下げる薬などを処方されたが、腎臓そのものの機能を回復させる治療や薬はなかった。減塩、減蛋白質、減カリウム、減リンの食事療法を徹底させるだけで、高血圧、貧血、むくみなどについての対症療法があるだけだ。

「あとは、スミしかないか」と、腎臓内科の女医のK先生はいった。「スミ？」と私。処方されたのは、まさに炭で、スミの粉の吸着力によって体のなかの毒素を除去しようとするものだ。「あんまり、効かないけどね」というのがK先生の言葉で、飲まないよりはマシといった程度のものらしい。ネットなどで調べると、プラシーボ（偽薬）と有効性はほとんど同じで、効果はあまり期待されていないことは明らかだ。ただ、腎臓病の薬というのはまったくなく、このスミの粉が唯一のもののようだ。「クレメジン」というもっともらしい名前が付いているが、腎臓病そのものについての薬ではなく、胃腸のなかで、毒素や不要な老廃物を吸着させ、腎臓の糸球体の働きである毒素の濾過を助けるというものだが、医者ですら、その効果はさほどのものとは思っていないようなのだ。

そういう状態のなかで、失った腎臓の機能を代替するのが透析治療で、自己の腹膜を利用して行う腹膜透析とダイアライザーを使う人工透析がある。それぞれ一長一短があり、まだ、いずれも高額な医療費を必要とする。

人工透析の原理は、すでに十九世紀に半透膜が発明され、二十世紀の半ばには人工透析の治療が試みられている。急性腎臓病の治療法として確立されたのは、第二次世界大戦と朝鮮戦争の際のアメリカの医療世界においてであって、戦争が透析治療を発展させたことは明らかなのだ。

透析室にあるベッドには、それぞれ透析機械が一台ずつ備えられていて、患者のシャントから血液を体外へと出し、それを濾過、血液透析してから血管内へ還流させるのだ。大雑把にいえば、血液を透析液の入ったダイアライザーに潜らせることによって、浸透圧の関係で尿毒や水分や電解質を漉し、腎臓が不要物を尿として排出する働きを代替しているのである。

これを一週に三日、三~四時間の時間をかけて実行する。人工知能を組み込んだ最新式の透析機械は、きわめて高価なものだ。個人用透析監視台代は一台約六百万円から一千万円。ダイアライザー、プラスチック管、チューブなどの一回ごとの使い捨ての消耗品を加えると、透析治療は高額医療とならざるをえず、一人の透析患者は一か月四十万円、もろもろの経費を合わせると、一年間に四百万円以上の費用がかかるとされている。現在、健康保険の特定疾病補償の適用で大半は保険金で賄われ、自己負担金は最高限度で一月二万円程度で、それも地方自治体からの補助があり、実質的に医療費の個人負担はゼロとなる。さらに、身体障害者手帳が発給され、交通機関の割引きや、公的施設の入場料の減免など、数々の福祉制度が適用される。

高額な医療でありながら、保険適用で自己負担は少なく、透析治療を開始したら、腎臓移植をしない限り、生涯続けなければならないというのは、病院の経営という面では、きわめて安定的な収入をもたらすものだろう。このことが、透析治療の発達は促すものの、透析医療自体の改善、腎臓そのものの再生や機能回復という根本的な医療への研究への妨げ、あるいはモチベーションの欠如となっているのではないかというのが、私の素人考えなのだ。また、戦争になれば、透析治療は進歩する?

結核はもちろんのこと、ガン医療や心臓循環器の医療は日進月歩だ。特効薬の開発だけではなく、治療そのものの根本的な改革が期待され、実現している。そのなかで、腎臓病に関する医療は、腎臓機能を代替する透析治療が部分的進歩はあっても根源的な医療改革とはならないことは予想されるのである。

ガン治療と同じように、腎臓治療も、多くの経済的要因が絡まる。人工透析は、健康保険対象の高額療養費の対象となったので、一人あたり月に三十~四十万円かかり、年間で三百六十万円以上となる(このうち、個人負担は月二万円以下)。全国の治療対象者は、二〇一五年現在で約三十二万五千人だから、(年間三百六十万円―患者負担年間二十四万円)×三十二万五千人=健康保険から年間約一兆九百二十億円となり、国全体の医療費を押し上げている(二〇一四年の医療費総額は四十兆円で、透析治療は0・4パーセントとなる)。人工透析患者の「自己責任」論が出てくるのは、必ずしも根拠がないわけではない。ただし、医療システム、医療費制度の問題をそのままにして、患者や病院だけに「責任」を負わせるのは、的がはずれている。人工透析は、いわば延命手段だ。

延命のための治療をどう考えるか。これは、ホスピス問題と、どこかでつながっている。ガンの末期治療と並んで、医療費問題の大きな要因となっているのだ。

十二月十九日（火曜日）雪、曇り

入院以来、リハビリに励んでいる。透析のある日は一回、ない日は午前と午後に一回ずつだ。リハビリの理学療法士は若い男女で、きびきびと動いているのが好もしい。軽い準備運動から筋力トレーニング、そして自転車漕ぎがメニューだ。最初に十分の自転車漕ぎを今日は十五分に延長したが、十三分頃に目の前がチカチカして、足も重くなり、ダウン。血圧も八〇台にまで降下して、病室まで理学療法士に付き添われて帰ってきた。最高血圧が一〇〇台を割ると（この時は血圧八〇台だった）、目眩がして、ふらふらとした状態になる。水天宮では多分もっと血圧が低かったのだろう。

ベッドに寝たきりになると、一日、足の筋肉が二パーセント衰えるという。すると、五十日で一〇〇パーセント筋肉がなくなるということか？　亜子の場合もむくみでそれほど衰えは感じられなかったが、最後は入院四十日近く、ベッドからまったく動けなくなったのも無理はなかった。

この頃、しきりと亜子の症状と自分の症状を比べてみることが多い。酸素濃度や血圧、体温の変化と、自分が感じる疲労感やだるさや辛さは、明確に比例している。最高血圧五〇台がどれほど危険なものか、実感されるのである。

ぜいぜいとか、ひゅうひゅうという息苦しさや、まぶしさ、目眩なども実感された。こんな症状を（それよりももっと強く）亜子は感じていたのだと、今更ながら体験して、辛かったのだなと思う。聖路加病院の新病棟から旧病棟への渡り廊下を車椅子を押して歩いた時のことを思い出す。かすかな斜面となっている通路に私が文句をいうと、でも押している人には運動になるでしょうと亜子がいう。押している身にもなれば、とその時は少し反撥を覚えたのだが、でも、今では、戻れるものなら、あの時の亜子と私に戻りたいと痛切に思う。いつまでも車椅子を押し続けていたかった。

十二月二十日（水曜日）雪、曇り

亜子から電話がかかってきた。それがわかっているのに、岬は電話を取らない。何をしてるんだと、怒って私は受話器を取り上げる（ケイタイではなく、固定電話だ）。「お父さん?・」、亜子の声が流れる。みんなに褒められる優しい、綺麗な声だ（声美人だ、とはみんなに言われていた。これはおのろけではない）。

「コロッケを買ってきてね」という（何でコロッケなんだろう?・）。私は、亜子に食欲が出てきたのだと思い、嬉しくなって「ああ」と答える。もちろん、亜子はもうこの世の人間ではないことはわかっている。電話をかけてくるはずもない。だけど、電話やラインやメールがあるのではないかと、スマートフォンを私は手離せない。夢から覚めても、亜子の声が耳の底に残っている。

思いついて、スマートフォンのボイスレコーダーを調べてみる。生前の妻の声が残されていないかと思ったからだ。残っていなかった。ラインで、声を吹き込んで会話を送っていた。これも、声そのものとしては残っていなかった。

妻の声が残っているのは、潮夫婦と孫の新《あらた》といっしょに芦原温泉に行った時の北陸新幹線のなかの動画で、私が新を抱いているところで、妻が「アラタや」と優しく呼びかけている一声だけだ。これは残っていることがわかっているので、あまり再生しない。あまり再生するとすり減ってなくなってしまうかもしれないというおそれ（杞憂だろうが）と、その声を聞くのがやはり辛いからだ。

亜子が亡くなってから、それ以降のことを思い出すのが、しばらく辛すぎて、なるべく思い出さないようにしていた。人が死んだ後、残された者にはこれほど煩わしい用件があるのかと思うほど、やらなければならない用件があった。いろいろな残したものの整理も大変だが、「もの」だけではなく、書き残したものなどの処理も大変だった。

亜子は、同人誌『朝』に小説やエッセイを書いていた。学生自体から小説家になることを夢見ていて、家事や育児のちょっとした暇に、机に向かって、最初は原稿用紙に手書きで、のちにはパソコンで原稿を書いていることがあった。韓国語の本の翻訳を始めるようになってから、辞書片手に翻訳の文章をキーボードで入力していた。子どもたちに手がかからなくなり、私が書斎に閉じこもって原稿書きをしていると、亜子も自分の部屋でカチャカチャとキーボードを叩いていた。一休みのためにお茶を催促にゆくと、トランプ占いや麻雀ゲームなどをしていたこともあった。妻なりの息抜きだったのだろう。

亜子が最後まで使っていたパソコンの中に、何か書いたものが残っていないかと調べたが、翻訳の下書きがあっただけで、後は小説の書きかけなどの断片が少しあるだけだった。その中に自分の病気について触れた手紙の文章があった。宛て先が書いていない、下書きと思われるもので、書いた日時は記録されている。一番目のものは、二〇一四年十二月二十九日に書かれている。同人誌名や「宇尾さん」という名前があがっているから、妻が所属していた同人誌『朝』の同人の一人に当てたものだろう。普段は、息子や嫁たち、ごく親しい友人たちとはメールやラインや電話でやりとりをしていたから、手紙を書くというのは、ちょっと改まった感じがする。右手が浮腫で字が書きにくくなってからは、もっぱら声で吹き込むスマホのラインにしていたから、手書きの書簡はほとんど残っていなかった。

前略

メール・アドレスが有りませんでしたので、手紙にしました。十三年間でしたか。長いような短いような……。これまで私どものために、いろいろご尽力いただきありがとうございました。

『限』でお書きになるということですので、続けていかれるようなので、良かったなと思っています。気が向かれたら、都内で近いですから、また朝にふらりと遊びにいらして下さい。お待ちしています。

中性脂肪が高いそうですね。私もそうです。270あります。昔は高脂血症、今は脂質異常と言うのだそうです。私も頭や心臓が、いつポポポーンといってもおかしくないと言われ、薬を飲んでいました。5年近くのんで、副作用が出てしまいました。今はやめています。

足が腫れ、むくみ、歩けなくなったのです。鼻も悪くなって匂いがしなくなりました。でも、これらの副作用は急激なものではなく、ゆっくりなので気がつかなかったのです。この薬は筋肉を溶かす作用もあります。歩けなくなったのは、たぶん筋肉がこわばったからでしょう。(副作用かどうかを確かめるために、2か月、毎日飲んでいた薬をやめてみました。すると2週間目ぐらいから、左足の腫れがなくなり、みるみる改善して行きました。)

私の飲んでいた薬は、耐性ができたのか、段々、数値が下がらなくなっていました。効かない薬を飲んで歩けなくなるのは、嫌なのでお医者さんに話して、服用をやめました。薬をやめて5カ月ですが、自分の足がこんなに軽かったのかと思うほど楽になりました。浮腫《むく》みがなくなり、体重も4キロ落ち、痺れも徐々になくなっています。まだ右足がヘンですが、足の腫れが5分の1ぐらいになりました。靴が履けないぐらい浮腫んでいました。血液の循環がよくなったのか、トイレに行っても、排尿の量が全く違っています。3倍ぐらい出ていますが、これが普通だったんですね。

私の母も同じような薬を飲んでいて、歩けなくなり、背中の筋肉はコブのように固くなって、背中が曲がり、足がだるくて、だるくてと言っていました。70歳ぐらいでですよ。当時は副作用だなんて思いもしなかったし、何人ものお医者さんにたずねても、首をひねるだけで、誰ひとり、副作用を疑った人はいませんでした。副作用の無い人はいいのですが、私はそれが出るので、母の世話をしていた私としては、絶対に母のようにはなりたくないと思いました。体がしびれているし、筋肉がだめになっているので、排尿のコントロールが全くできないのです。

それで覚悟を決めました。宇尾さんのようにピンピン・コロリを目指すことにしました。母と宇尾さんは一つ違いで、亡くなった年齢も同じです。母は最後の5年ほどは車椅子でした。

薬は飲まないことにしましたが、検査は受けようと思っています。血栓は首の動脈を超音波でみれば、できているかどうか、簡単に分かるそうです。できていれば、短期で服用してもいいしと考えています。それにこの病気は高血圧が引き金になるので、血圧が高いとリスクも大きくなるようです。私は幸い、血圧は高くないので。

中性脂肪は、人間ドック学会の数値だと、私は年齢的にはギリギリセーフです。日本の医者の判断基準になる数値は、厳しいとよく言われます。すぐに薬を出しますし。降圧剤などはその典型ですが、実際に血圧の高い人は、半身不随になったりするのは怖いと言っています。その気持ちも分かります。

中性脂肪を増やさないよう、食べ物に気を付けるようになりました。ノンカロリーの、果糖の類は摂らないようにするとか。これ、砂糖や果物の果糖と違って、肝臓で分解吸収されて、中性脂肪になるとか。マヨネーズも、昔ながらの作り方のものにしています。砂糖は腸で吸収分解されるので、運動すればその脂肪は体外に排出されます。マーガリンもだめです。不飽和脂肪酸は体外に出て行かない。そして山もりの野菜。野菜は体の掃除やさんで、太らないし。その野菜も、虫食いの、農薬を使っていない野菜。友だちが作っている野菜です。自分でも作っていますが。

いろいろ書きましたが、私は本当のところ、体は自分の持っている遺伝子で決まると思っています。長命の人は病気になっても、細胞がそれを修復するそうだし、私はこんなに太っているのに、血糖値は低いし。老化年齢は人によって違うのだそうです。個体差が大きいのです。そして90歳までに大半の人が亡くなる。ただ死ぬ間際まで、ボケないことを願っています。薬を飲まない、いえ、飲めないので、覚悟が決まりました。人は死ぬという現実を受け入れることです。それが明日でも。ですから、今は子供にゴミを残さないよう、身辺整理をしています。元気なうちにと。

それでは。良いお年をお迎えください。

乳ガンの部分を外科手術で取ってしまったのだが、それから放射線治療と抗ガン剤治療が始まった。放射線は週に一日、四週間ほど続けた。手術後に取り零したガン細胞を叩くために放射線を当てるということだが、インターネットの記事などを読んでも、放射線治療をしてもしなくても、五年の延命率に差異はなく、放射線の副作用が強い場合は、むしろ当てない方がよいかもしれないと思ったが、標準治療を拒否するような確信や根拠はなかった。

抗ガン剤治療も、髪の毛が抜けるなどの副作用と効き目の効用とのバランスということだが、ガンの再発、転移の予防的治療のために使わざるをえない。脱毛は最初から覚悟して、帽子と鬘を用意した。デパートに行って、気に入った帽子と、カタログを貰って、思い切って高級なウィッグ(鬘)を注文した。最後の、精一杯おしゃれ、究極の贅沢といえるかもしれない。

抗ガン剤は、ガン細胞を攻撃すると同時に、健全な細胞をも傷める。髪の毛の毛根細胞が攻撃されるので、髪の毛が抜ける。それと同時に、筋肉細胞の新陳代謝を阻害し、筋力が衰える。亜子が歩くのに困難になったのは抗ガン剤による副作用と考えていた。母親譲りの高脂血症の薬を飲み続けていて（母親はメニエール病として眩暈がすると、よく訴えていた）、それもやはり、筋肉を溶かし、筋力を弱めると思っていた。だから、こんな手紙を書いたのだが、薬の服用も止めても、一時は回復したようでも、基本的には筋肉は元に戻らなかった。ガン細胞は筋肉を溶かして、そのタンパク質をエネルギーとしているとされているが、食が進まないから、失われるタンパク質の量に対して摂取する量が常に間に合わないからだ。足や腕がそんなに細く見えなかったのは、水分過多で身体中がむくんでいるためだ。リンパ浮腫の右腕は、はちきれんばかりにパンパンになっていた。脇のリンパ腺を郭清したので、リンパ液が流れず、腕全体に滞留しているからだ。その痛みを抑えるためにきつく包帯を巻いたり、サポーターをはめたりしていたが、血流が滞ったりするので、苦痛はあまり改善しないようだった。

次の手紙は、二〇一六年三月十四日の日付が記録されているもので、「千田さん」と呼びかけているから、やはり『朝』の同人の千田佳代さんに宛てたものであることが分かる。

暖かくなったらまた急に寒くなったりして、病身にはひたすら風邪を引かないようにと、気遣う日々です。こんなに自分の体のことを考えたことはありませんでした。

お手紙もらったり、お守りや写真など、いろいろみと励ましてくださるものを贈っていただいたのに、何の返事も出さず、せめてお電話なりと、と思いながら日延べしてしまいました。今、ようやく右手が自由に使えるようになりました。リンパ浮腫でまだ腫れていますが、リハビリを兼ねて動かしてよいということになって、不自由な体が少しずつ元に戻りつつあります。

いただいたお守りは通院用のバッグにぶら下げています。皆さんにいただいたものも一緒なので、いっぱいバッグに神頼みが下がっています。鬼神も逃げていきそうです。

ナイルは（註・千田さんの飼い猫）元気そうですね。我が家の雄猫のぴぴ太は、去年の暮れに天国に行き、今は庭に埋まっています。四、五か月ほど獣医さん通いで、私が動物病院まで車で送り、夫が待って診察を受け、終わったらまた迎えに行くという状態でした。ほとんどは点滴と薬の処方と、栄養剤をもらうだけなのですが、最後は人間も猫もこんな風かなと思いました。眼も開かないうちに捨てられていた猫ですが十五年生きたので、もって瞑すべしです。雄猫なのにすごい臆病で、最後は痩せてしまって、手術しても回復しないということで、対処療法になりました。もっともスキャンしても、悪いところはないと言うことでしたので、寿命だったのでしょう。自分の医者通いで大変なのに、猫もかいと思い、けっこう手はかかりましたが。

今は手術の傷も癒えて、ほぼ治りました。この後、放射線治療になります。毎日通います。それでひと月ほど東京暮らしになります。私のガンはかなり悪いようで、先は真っ暗。でもまあ、すぐに天国ではないので、じたばたと闘病生活をすることになりそうです。

それにしても癌はお金がかかると思いました。

この間、数か月の命、抗がん剤も放射線も効かないと言う人の話をききましたが、陽子線治療で、その後、丸三年、ピンピンしているそうですが、なんとかかったお金が三千万！　だとか。最新の治療は全部保険外なので、高額なのだそうです。

私は今は保険の範囲の治療ですが、それでも検査だ、手術だ、抗がん剤だ、放射線だ、とけっこうかかっています。手術もがん保険に入っていたのに、これはなんとかかんとかの手術なので、手術費用はでないとか言われて、もう、何のためのガン保険だ？　と思いました。アフラックの安い奴だったからかなあ。

新しいものほど保険が出ない感じです。そんな古いもの、だれがする？　と思うけれど、お金には代えられないし。

いやあ、世の中、病気もお金しだいなのですね。

まあ、こんなことを書くつもりはなかったのですが、ついつい放射線治療も三十万ほどはかかるので、うむ、とか思って書いてしまいました。

それでも私は仕事もないし、治療に専念できるので恵まれています。病院に行くとほんとに若い女性が多いのです。みんな癌です。

東京に出て、病院に行ったり来たりしていると、当たり前だけど働いている人はみんな若いですね。医者も看護師も。田舎にいるとみんな年寄り。医者も患者も。おお、世間は若いと改めて思いました。

私がこんな風になって、よかったこともありました。夫も子供たちも嫁も、みんなとても優しくしてくれます。孫も生まれたし。嫁は何度も孫を見せに来てくれましたし、よく電話をくれて気遣ってくれます。入院中は、息子たちは何時間も私の話し相手になってくれました。飯、寝るぐらいしか言わなかった息子たちも、大人になったとしみじみ思ったわ。

吉田妙子さんが神楽坂に来てくれて、千田さんのこともいろいろ伺いました。彼女とは電話でいろいろ話しているので、私、案外、千田さんの近況にくわしいのですよ。

腕、大丈夫？　電話だと出るのに大変と聞いているので、手紙にしました。字はまだ汚くしか書けないので、パソコンで。もともと、字は汚いから、まあ、大差ないけど。

それではまた。亜子。

文中にある「吉田妙子さん」は、妻のもっとも古い友達で、高校時代、大学時代を通じて同級生、同窓生だった。大学を卒業してからは、時々、手紙や電話で話をしたり、ごくたまに訪問したりして、交際は続いていた。亜子の乳ガンが判明した頃に電話が来て、彼女は大腸ガンで闘病中ということを聞いた。お互いの病状を話し合い、励まし合っていたようだが、彼女は亜子より一年ほど早く亡くなった。手術や抗ガン剤の効果もなく、病院から自宅に戻って、自宅で訪問介護を受けていたが、二〇一五年六月十二日に亡くなった。妻は、『朝』に「文字の好きな人」という題名で、彼女に対する追悼文を書いている。長い間の友人で、同時期にガンになり、先だった人。自分よりも病状は悪いと思っていたらしいが、久しぶりに会った時は、自分よりも歩くのも、食べるのも元気だったといっていた。そんな友だちのガン死は、ショックでもあっただろうし、ある意味では自分の遠からずの死を覚悟させるものだったかもしれない。葬儀には、私といっしょに参列したが、柩のなかの彼女は、昔の面影は残していたものの、面やつれをして、とても痩せていた。

文字の好きな人

私の一番古い友達、吉田妙子さんが六月十二日の夜九時頃亡くなった。私と同じ年なので六十四歳だった。彼女は大腸がんで私は乳癌にかかってしまった。お互い死ぬには少し早いよね、もう少し生きていようと、励ましあい、病気の近況報告を兼ねて、電話で長々とおしゃべりをしていた矢先だった。癌の種類は違うのに、同じ抗がん剤を使っていたが、副作用などもそれぞれ現れ方が違うものだと、病とその人の持つ遺伝子の違いに、不思議がったりもしていた。

それが急に悪くなったようだった。そんなことは知らない私は、今頃は病院に一泊してもう自宅に帰っているだろうと思いながら、携帯に電話してみた。三日ほど声を聴いていなかったが、いつもの明るく元気な声が返って来るとばかり思っていたら、携帯の彼女の声は弱弱しく、あまりの心もとなさに、翌日、彼女の入院先の大学病院に飛んで行った。

三か月ほど前に、抗がん剤の副作用で歩けない私のために、わざわざ神楽坂まで会いに来てくれた時とは、まるで別人のように痩せていた。もともとほっそりした体形で、高校の頃からあまり太ったりはしない人だったが、急激に細くなってしまった手首や腕に胸が詰まった。神楽坂で食事をし、ぶらぶらお店をのぞいたり、服を買ったり、毘沙門様に病気平癒の願掛けをして、あんみつを食べたりしたことが嘘のようだった。その日は私の足を気遣いながら、彼女が私の腕に腕をからめて歩いた。女同士くっついて歩くのは、高校時代とちっとも変っていなかった。私の方がうんと小さいのに。末っ子だからだろうか。私は長女だった。

私と妙ちゃんは高校二年の時に同じクラスになった。稲毛にある千葉女子高校だった。高校二年になると、進路に応じて国公立大受験と、私立その他に分かれた。私たちは私大その他組で、国公立とは理系の教科書や授業内容も違っていた。良妻賢母教育の名残で、家庭科の時間がやたら多かった。このクラスは元気だねえ、勉強はできないけど。教師たちにはそういわれていた。面白いクラスだった。冬の寒い時は陽がさす窓際に机をくっつけて並べ、暑い時は廊下側に並べて、教室の三分の一が空いていた。早弁、爆睡、読書、教師へのいたずら、誰かが何かしらやらかしていた。黒板に三角錐の中に斜めに円が入っている図形が描いてあり、その円の面積を求める授業の時、いきなり女の子が立ち上がって、あ、宇宙船が飛んでいると黒板を指差した。確かに人工衛星に似ていた。みんな一瞬ぽかんとした後、爆笑した。

彼女とは交換日記をしていた。亡くなる二週間ほど前に彼女の家を訪ね、その日記のことを聞いたらまだ持っているよと、階段下の物置を指差して笑っていた。よほどノート四、五冊分のその日記をもらって帰ろうかと思ったが、言い出せなかった。彼女はまた一段と痩せていて、腹水の溜まったお腹がポッコリと膨らんでいた。学校で会ってラチもない話をし、家に帰ってからも何やかやと書くというのは、言いたいこと、思っていることがそれなりにあったのだろう。私は物事を正確に捉える性質ではないらしく、交換日記の誤字、脱字はしょっちゅうだったが、彼女は芸術の時間は書道をとっていただけあって、字はきれいでよく私の字の間違いを訂正していた。本が好きで、これ、面白かったといろんな本を回してくれた。『二十歳の原点』など当時の若者に流行りの本が多かった。日記には何を書いたか、もう何も覚えていないが、そのころはそのころに留めておきたいという気持ちと、持ち帰るのは彼女にもう先が長くないと言うようでつらかったから黙っていた。

ごく最近、彼女が回してくれた本は時代劇だった。これが最後になった。時代小説にはまっていると言っていた。九十のお母さんとお姉さんと三人で。私にくれた本は高田郁の『みをつくし料理帖』シリーズの文庫本五冊と、その本の中に出てきた料理のレシピ本だった。

おいしい料理を作ってみたくなるような本だった。食べるのが大好きな彼女らしかった。

高校時代は私も授業の半分は寝ているか、本を読んでいるかしていたが、本はたいてい学校の図書館で借りていた。谷崎潤一郎や安部公房といった、純文学系が多く、わかってもわからなくても、文学の価値とその世界を信じていた。だからといって自分の日常が何か変化するわけではないが、推理小説を読むように、そういった人々の本を読むのがただ楽しかった。妙ちゃんは生徒会活動も熱心にやっていた。書記だった。その他にも隣の養護学校の生徒のために、本をテープに録音する奉仕活動もしていた。私と違い優等生だった。三年になると、進路が現実的になってきた。のんびりしたクラスで、その雰囲気にどっぷりつかり、ろくに勉強しなかった私は、まじめな彼女と違って成績もびりの方だった。進学するか就職するか、四年制にするか短大にするか、いずれにしろ私のこの成績では、たぶんどこも受からないだろうと思っていた。それでも彼女と一緒に予備校の夏期講習に通い、兄からどさっと渡された参考書や問題集と取り組んだ。そして彼女と二人で手を取り合って早稲田で会おうねと、誓い合った。彼女のお兄さんも私の兄も早稲田だったからだが、とりあえず希望だけは大きく持とうと励ましあった。

この頃は学生運動が盛り上がっていて、女子校のトイレにも、女子高生よ立ち上がれ、などという落書きがあったりした。千葉駅近くの公園で学生運動の集会があるというので、ふらふらと見に行ったら、待ち構えていた補導係の教師につかまり、翌日、その時につかまった私たち6人は校長室でたっぷり説教された。なぜか妙ちゃんはいなかった。運のいいやつだと思ったことを覚えている。

大学の方はあちこち落ちて、私は親から、兄と弟とあんたと、三人も大学にやるのは貧乏な我が家では経済的に大変で、女の子なのだし、結婚して家庭に入るから、とりあえず受かったところに行くように、浪人は絶対にダメと厳命されていたので、受かった法政大学に行った。妙ちゃんは浪人し、翌年、同じ法政の文学部の夜間に入ってきた。私がいたからだった。

同じ大学なのに、夜間と昼間では時間帯が違うので、彼女が二年になって昼間に転部するまでは、すれ違いの日々だった。当時の大学は学生運動も過激になっていて、セクト間の争いもすさまじく、私の大学でも血なまぐさいリンチ殺人事件が起きたりしていた。殺人があった現場は、私の入っていたサークル、法政文芸研究会のすぐそばで、ほかの研究会の部室に使われている部屋だった。花崗岩作りのカーブした階段のあるような、往時をしのばせる豪壮な建物だったが、取り壊されてしまい、私たちの部室もプレハブの二階建てに変わった。それにロックアウト状態で、授業はほとんどなく、私は部室や喫茶店で仲間と文学だの政治だの、らちもないおしゃべりをするかバイトに励むかの日々だった。妙ちゃんも部員ではなかったが、私がいてもいなくても、部室にはよく出入りしていた。すらりとした彼女は男子部員たちにもてていた。

大学を出てからは、私たちはしばらく疎遠になった。それぞれ世の中に出て、新しい生活に適応するのに忙しかったのか、気分的にもう学生ではないという思いもあったのか、手紙も電話もあまりしなくなっていた。その後、互いに結婚し、子育てもそれなりに一段落してからは、また昔のように連絡を取り合うようになった。子連れで会ったり、会わないときは電話での長いおしゃべりと、近況を知らせ合うようになった。

彼女は子供が少し大きくなってからは、校正の資格を取って、予備校の雑誌などの校正をしていた。中学の図書館でも、パートだったが長いあいだ司書をしていた。そういう意味では、ずっと活字と本の世界に暮らし続けている人だった。文字が好きで、文字の世界の住人であることに満足し、幸せそうだった。私のように何か書こうというような気持ちはない人だった。少なくとも私はずっとそう思っていた。でも違ったかも知れない。癌になって互いに背中に死があることを意識するようになった日、彼女がぽつりと言った。亜子はいいよね、羨ましい、自分のした翻訳が本になって残せたからと。何を言っているの、お互いが残した最高のものは子供じゃない、それに孫も。この世に生きた証の最高のものよと、私は返した。それに比べると私の仕事などしれている、そんな気持ちだった。彼女のところは一男一女だった。結婚してずっと子供ができなくて、いろいろ苦労したけれど、一人生まれたら次もできて、よかったと喜び合ったことを覚えている。それでも今思えば何か、書きたいことがあったのかも知れない。いや、あれだけ文字の好きな人だったから、ないはずはなかったと思う。

『朝の会』にも彼女は尽力してくれていた。『朝の会』で同人誌の校正者を探していたので、頼んでみたら引き受けてくれた。以来、十年以上にわたって『朝の会』ともおつきあいいただいた。昔、一度朝の会に来たら？　みんなに紹介しようかと言うと、年に一度ぐらいの校正だし、顔を知ってしまうと、ここはヘンとなかなか言えなくなる、顔が浮かぶと情がわくでしょと言って、誰とも顔を合わせることもなかった。いかにも彼女らしかった。

今でも神楽坂で会ったことが、つい昨日のように思い出される。学生時代によく飲み歩いたわね。ほら、この店、覚えてる？　みんなで来たじゃない。まだあったのね。そういって懐かしそうに小料理屋の看板を見上げていた。彼女はお酒が強かった。飲み会の時だけは私が引きずられていた。今度、法政大学の夫の研究室に行こうね。大学を見に行こう。変わったわよと、私は誘ってみた。夫と彼女も昔、よく一緒に飲んだ仲だった。だがその約束もかなわないまま、彼女は急速に体調を崩して、亡くなってしまった。最後に神楽坂で遊んだ時の、信号の変わり目に、飯田橋の駅に向かって、横断歩道を小走りにかけて行った後ろ姿が忘れられない。

目が悪くてコンタクトが痛いと、電車の中でぽろぽろ泣いていた人。

チーズケーキの好きな私のために、特大のケーキを焼いてくれた人。

電話の最初はいつも亜子、元気？　だった人。

さようなら妙ちゃん。でも、また会うから。それまでのお別れですね。


十二月二十一日（木曜日）曇り雪のち晴れ、曇り

窓の外を雪が上に上っているように舞っている。窓から見える家々の屋根の上に降り積もり、左右、上下、結晶の形が見えるほどの大きな雪ひらが、踊るように降り続いている。

窓から見えるのは、マンションやアパート、「洋服の青山」の看板や、「ブックオフ」の建物だ。低い山がすぐそこに迫っており、すっかり雪山となって寒々しい風景だ。昼間でも零下を下回る寒気は、通りから人影を消しているようだ。

病院の近所には、地下鉄宮の沢駅や、そこに隣接するバス・ターミナル、そして西友ストアがあり、「白い恋人」パークというお菓子のテーマ・パークもあるのだが、雪の降りしきる冬の夜に、あたりを歩く人影はほとんどない。

吉田妙子さんに限らず、私たちの身の回りでガンになった人が多かった。小説家の津島佑子さんもそうで、亜子とほとんど同じ頃にガンが見つかった。肺ガンだった。ヘビースモーカーだった彼女のことを知っている人たちは、肺ガンということを聞いて、変な言い方だが納得せざるをえない気持ちになった。葬儀の前に、最後のお別れに津島さんのご自宅に親しかった友人たちといっしょに伺い、津島さんと対面をした。書斎の奥の寝室に、生前と変わらぬ様子の津島さんがいて、私は涙が流れるのをとどめることができなかった。いっしょにエジプトやインドや中国や韓国を旅行した。いつも彼女がリーダー（方向音痴で、計画性が欠けていて、ちょっと頼りなかったが）だった。私たち夫婦とは、小樽から積丹半島にかけて、レンタカーで旅行した。私が伊藤整文学賞を受け、その帰りに積丹半島を廻ってこようという計画となったのだ。私たちの長男・岬が運転して、私たち夫婦、津島さん、友人の五人で岩内の温泉宿に一泊したのだ。その旅館では、好きな柄の浴衣を自分で選ぶことができた。エビやカニやウニなどの北海道の食材をたっぷり使った夕食は、健啖家の津島さんにも満足のできるものだったらしい。

私が津島さんと最後に会ったのは、二年ほど前の年の暮で、文学賞関係のパーティーで、もったいないから、普段食べられないご馳走をたくさん食べようといって、ローストビーフや高級寿司やステーキなどを皿に大盛りにして、食べあった。旅行の間も、大体、食べることが主役だった。

そんな津島さんがガンで入院したのは、亜子の場合とほとんど同時期の二〇一五年の一月だった。喘息のように咳が止まらず、息切れすることもあったようだが、体調はそれほど変わらず、娘の香衣さんといっしょにレストランで外食することもあったという。病院で肺ガンと診断され、治療に入ったのだが、患部がちょうど心臓の奥の左肺にあり、外科手術も放射線治療もとても難しい部所で、抗ガン剤による化学治療を中心とすることになった。最初の抗ガン剤は一週間に一回、通院で点滴注射を受けた。この薬はよく効いたらしく、ガン細胞がかなり縮小したのが認められたという。ただ、抗ガン剤は、ガンを完全に消滅させることはできず、縮小させるのが精一杯、そこで外科手術をするのが一般的だが、津島さんの場合、先述したように、そのガンの位置が心臓にかぶるところで、メスを入れることはとても危険だという。抗ガン剤はどんなものでも効き目は半年しかなく、それ以上はいくら投与しても効果がなくなるという。毒をもって毒を制するのだから、ガン細胞と同時に健全な細胞も攻撃する。抗ガン剤の影響を受けやすい毛根細胞や、腸細胞が攻撃されることで、脱毛したり、吐き気、下痢、便秘などを発症するのは、その副作用なのだ。

抗ガン剤の副作用で毛髪がなくなっている人は多い。薬剤が、毛根の細胞を攻撃して、再生ができなくなるからだ。分子標的薬の「ハーセプチン」が、副作用の少ない化学療法としてガン治療の特効薬のように伝えられているが、その効果はガン患者のなかの二、三割にしか有効でなく、私の妻の場合も、津島さんの場合も、はかばかしい効果は見られなかった。経口の抗ガン剤「ゼローダ」も、妻は服用していたが、治療効果が見られる前に、吐き気や下痢や便秘、全身疲労などの副作用のほうが優っていたようで、これも二、三割の患者にしか有意な効果は見られない。化学療法はほとんどが二、三割程度の効果しかなく、確率としてはかなり低いものといわざるをえない。ガンから生還することはギャンブルに等しいものなのか。

十二月二十二日（金曜日）曇りのち晴れのち雪

パソコンの中味を調べている時に、「3・11」という題名の文章が出てきた。私と亜子は、二〇一一年の三月十一日の東日本大震災を我孫子市の布佐の自宅で体験した。私はその日、遅く起きて家にいたが、亜子は近所に買い物のため車で出かけていた。午後二時四十六分、私が居間のソファに寝そべって本を読んでいた時、ガタガタという音がして天井の照明器具といっしょに、家中の家具たちが騒ぎ立てた。地震だ、これは大きいぞ、と思った私は、食卓として使っているテーブルの下に隠れた。太い四本の脚で支えられた厚板のテーブルの下が我が家の緊急の避難所だった。二階が崩れても、何とか持ちこたえられるだろうと思っていた。二匹のネコが狂ったように走り回る（ただ、よく考えてみると、ピピタは、いつもの自分の隠れ家、洗面所の下に隠れていたはずだから、走り回っていたのはジャマコ一匹だ。テーブルの下に来るようにいっても、もちろん来ない。私は、テーブルの下から出られない。地震はかなりの間続いていた）。

揺れの方向に真っ直ぐに立っていたタンスや物入れや棚は、扉が開き、瀬戸物や置物が転がり落ちた。ガチャーンという音がして、床に落ちた陶器やガラス器が壊れた。ガスは使っていなかったし、電気は停まっていないらしい。一回目の揺れがようやく収まってから、テーブルの下から這い出し、家中のドアやガラス戸を開け、いつでも庭や戸外に逃げ出すことができるようにした。二階と書庫は、どうなっているか見にゆく余裕がなかった。ようなく亜子が帰ってきた。無事でほっとした。以下は、亜子自身の文章である。

3月11日、午後2時46分、三陸沖でマグニチュード9という、大地震が起きた。

その時刻、私はホームセンターに猫の餌を買いに行った帰りで、車で走っていた。変だな、車が左にかしぐ。パンクしたかな？　でも、今のタイヤはすぐに空気は抜けないから、家まで持つだろう……そんなことを考えていると、いきなりドスン、ドスンとバウンドした。

地震だ！　慌てて車を左端に寄せて止めた。見ると斜め前にある電柱がぐらぐら揺れていて、周囲の車も一斉に止まった。これは大きい。そばの小さな工場からも人が出てきて、「工場の外に出てください」というアナウンスが聞こえてくる。

私は急いでシートベルトをはずし、運転席のドアを開けた。電柱がこちらに倒れて来たら、反対側に逃げようと思った。逃げる方向を見ると、民家の屋根の瓦がずるずる崩れて落ちていた。

揺れていたのは1、2分だろうか。周りの車が動き出したので、私も車を出した。もう一軒、買いものに寄ろうか。それとも真っすぐ家に帰ろうか。

この時は大した地震には思えなかった。少々大きな地震でも、車を走らせているとほとんど気づかない。それがドスンと来たのだから、それなりには大きいのだろうが、あんな悲惨なことになっているとは思いもしなかった。

家に向かっている途中で、あちこちのブロック塀が壊れたり、古い家の瓦が落ちたりしているのが目に入って、急に家が心配になってきた。とにかく一旦家に戻ろう。

家の近くまで来て、ぎょっとした。見慣れたいつものスーパーのそばの交差点が、砂の干潟と化し、信号機と電柱がもう少しで地面に着きそうなほど倒れていた。よく見るとスーパーのフェンスも斜めにかしいでいる。私はその泥と砂の上を突っ切って家に戻った。

家には夫がいた。「凄く揺れた。テーブルの下にもぐりこんだ。猫が狂ったように走り回って、どっか行っちゃった」と言う。玄関には中2階に作った書庫の本が、土石流ならぬ書籍流になって溢れていたが、とりあえず家は無傷だった。カップボードのガラス扉が開いて、来客用のコーヒーカップや湯飲み茶わんが数個、落ちて割れていた。

私は急いで応接間に行った。コペンハーゲンのカップは無事か？　清朝の皿は？　大枚はたいて買ったヘレンドの皿は？　壺は？　キュリオは天井に地震防止のつっかい棒をしてあるので、無事だった。モスクワの武器庫（おびただしいダイヤモンドが展示してある。もちろん偽物がいっぱいだと思うが）を見たついでに買った、本物のミンクのガウンを着たロシア人形が倒れていただけだった。

だがソファの上に、出窓に置いておいたステンドグラスのスタンドが落ちていた。ぎょっとした。3年かけて作った薔薇のランプシェードだった。だがこれもガラスは割れていなかった。

スパイダーのハンダの部分が1か所、外れていた。これなら簡単に修理できる。

ほっとした矢先、ぐらっと来た。余震だが、大きい！　もう、皿なんかどうでもいい。

私と夫はとりあえず外に出た。私の家の周囲には空き地が多い。私の家の庭も広くて、普段から地震で家が倒れても、庭にテントを張って暮らせると思っていた。だがいざとなると、庭より空き地だった。近所の人がみんな集まっているからだった。人がいるのは心強い。隣のアパートに暮らす若いお母さんたちは半泣きで、子供を抱きしめてしゃがんでいる。みんな地震が来るたびに、おおっと声を上げ、なぜか空を見上げていた。

どのぐらい空き地にいただろうか。何度も来る大きな余震がおさまった頃、家に入ったが、もうだいぶ日が暮れかかっていた。

庭にある二十畳の書庫は、壁に作り付けた本棚は無事だったが、日々増え続ける夫のうんざりするような本をしまうために、次々と足していった部屋の中央の本棚は、全部ドミノ倒しになっていて、手がつけられないほどの本の山になっていた。去年の暑い夏の盛りに、夫のお姉さんに手伝ってもらい、汗だくになって本を整理したり処分したりして、どうにか通路を確保し、五年ぶりに床を拭いたのは、あれはいったい何だったの？　あの地獄の五日間はまったくの徒労？　私は夫に言った。今度こそ自分で片づけてください。庭の倉庫も、棚が斜めになって、中はぐしゃぐしゃだった。溜息が出た。

その日の夜は服を着たままベッドに入り、貴重品を入れたバッグや防寒用の上着をすぐそばに置いて寝たが、大きな余震で何度も目が覚めた。

　翌日の昼、何度もくり返される胸の痛む津波の映像を見ていると、いきなりぶちっとテレビが切れた。停電だった。庭が公園に面していて、その公園の電柱が二本、斜めになっていた。たぶんその復旧のせいだろうと思っていたが、実は町内がひどいことになっていたのだった。

　電気が切れるとガス・ヒーターが使えなくなった。寒い。キッチンのガスは来ていた。水は濁った水がちょろちょろと出る程度で、心もとないし、飲むには覚悟がいりそうだった。とりあえずコンビニに行ってみた。まだこの時は水があった。パンや水、お弁当などを買って帰った。料理を作ろうなどという気にはなれなかった。

　この暖房のない寒さがこたえたのか、翌日の夜、風邪の体調不良もあって、吐いて気を失い、救急車で病院に運ばれた。一時的な脳貧血で大したことはなく、点滴を打って帰ってきたが、以来、危ないからと、買い出しには夫がついて来るようになった。

　地震も怖いが、原発も怖かった。水素爆発を起こした、福島の原発の姿は信じられなかった。それも一基どころか、何基もがぐしゃぐしゃだった。夫は原発が危ないと報じられて以来、急に原発のことを調べ始めた。私もアイパッドで、放射能のモニターをチェックしてみた。なにしろわが家は川向こうが茨城で、水戸は感覚的には凄く近いのだった。その水戸の放射能は、他県と違って、明らかに急上昇しては平坦になるというグラフだった。おまけに原発が57基もあって、さらに10数基作る予定という現実に仰天した。そんなに必要なの？　世界の地震の2

割が起きているという日本列島で？　４基ぶっ飛んで、もの凄い賠償が予想されるのに？　税金払いたくない……。

体調が戻ったので、近所の人と一緒に町を歩いた。私の住む布佐は被災地区と化していた。液状化で家が沈んでいた。いつも行くスーパーは、復旧のめどがつかないほど中がぐちゃぐちゃだった。時々お茶を買う古いお茶屋さんは、道路から１メートルほど陥没していて、中は砂まみれで、裏でお茶を販売している貼紙が張ってあった。隣の喫茶店も同様だった。この喫茶店のマスターの車に、私は一度自分の車をぶつけたことがあった。狭い駐車場からバックで出て、止めてあった車にゴツンしてしまった。ちょっと傷ができた。

後で菓子折を持って謝りに行ったら「止めてる車にぶつけたらいかんなあ」と、笑って許してもらえた。いい人だと思った。

ここで亜子の文章は終わっているが、もっと書き続けるつもりだったのだろう。被災地になったおかげで計画停電は免れたが、ＪＲ成田線の電車はしばらく止まり、放射能の値が高いからといって、しばらく外出は控えめにした。私は、文中にあるように、インターネットや新聞、買っていたが、読んでいなかった原発関係の書籍などを暇にあかせて（大学の授業をはじめ——もともと春休みだった——、ほとんどの仕事はキャンセルになっていた）、原子力発電所のことを調べ、『福島原発人災記』（現代書館）という本を出した。内容はともかく、大震災後に最初に刊行された原発事故関連書としてその素早さが評価された。私としては、インターネットなどで、いわゆる原子力村の人々がどんなことを記述していたのかを、コピーアンドペーストして、そのまま記録しておこうと思ったのだ。いずれ、そうした記述を、彼らは口を拭うように消去してしまうだろう。それを忘れ去らせてはいけない。そんな思いが強かったのである。

地震の被災だけではなく、原発事故の放射能汚染のホットスポットとなり、我が家の近くは悲惨だった。道路の液状化、地盤沈下、電柱は近所で二百本ほど傾き、かろうじて電線で倒れずに引っ張られている状態だった。屋根瓦が崩れて、青いビニールシートで覆っている被災地特有の風景があちこちで見られた。

あまつさえ、近隣の松戸市や柏市のホットスポットで剪定され、燃やされた枝や葉などの放射能汚染灰をビニール袋に詰めたまま、うちの近所の水田地帯にある県の終末処理場の空き地に一時保管するという計画が持ち上がった。近くには手賀沼に通じる水路や河川があり、放射能の浸出や影響が懸念される。踏んだり蹴ったりということで、隣の土地や裏の土地を買って、少しずつ拡張した我が家の地所は、十分の一以上に地価が下落したのである（それは何年たっても回復せず、一時は住宅地としては日本一の地価下落率を記録した——我孫子市が日本一で、我孫子市内でも布佐地区が一番なので、結果的に日本一だ）。

国が破壊され、山河は残ったが、放射能によって汚染された。亜子の乳ガンが発見される以前に、私たちの「住環境」はほとんど破壊されていた。そこで静かに、原稿書きと、庭いじりと、猫との

〝二人と二匹〟で年金生活を送ろうという私たちの〝老後〟の計画は、本当はすでに破綻していたのだ。

夫婦生活は四十年、布佐に一家を構えてからも二十年以上、このまま大きな変化もなく、この土地、この家で老後を穏やかに過ごすことが、確かに約束されていると、私は思ってきた。しかし、その夢が潰えた時、それがどれほど得難く、貴重なものだったか、はじめて知ることができたのだった。そうした生活の基盤がなくなったというより、流動的になってしまったのは、3・11が契機となっているような気がする。そう思えば、「あのとき」以来、私たちの「生」は、それまでの「生」の単なる延長ではなく、違った次元の「生」の光景が広がっていったのだ。

3・11の翌日、亜子の運転で近所を回り、地震の被害の程度を見るとともに、飲料水や食糧品の入手に出かけた。自宅の裏の公園では、電信柱が軒並み傾き、電線の張力でようやく倒れるのを防がれている有様だった。アパートのブロック塀は傾き、一部は崩れ、建物の壁面に取り付けられた鉄の階段は、最下段が浮き上がり、地面から離れていた。地面が陥没したのである。スーパーにもコンビニにも、飲料水のペットボトルはなくなり、あっても、一家族二本までとの制約があった。私と妻は別家族のような顔をして、お茶とペットボトルを二本ずつ買った。食糧品の棚では、パンやカップ麺やパックご飯のような、そのまま食べられるものは姿を消し、缶詰や保存食なども品薄となっていた。電池、ろうそく、トイレットペーパー、ティッシュペーパーなども揃えた。

銀行のＡＴＭでお金をおろし、ガソリン・スタンドでガソリンを入れようとしたが、あまりにも混雑していたので、止めた。当分は、家に引きこもっていたほうがよいと考えたからだ。

夜になり、昨夜は余震のこともあって、あまり眠れなかったらしい亜子は、トイレから出てきたと思うと、ドアの前に坐りこんだ。顔は青ざめ、目もうつろで、意識も朦朧となっているようだ。風邪気味だったうえに、昨日来の地震と余震と原発爆発の騒ぎだ。動かさずに、その場で毛布に包んでみたが、回復する様子はない。夜遅くだから、翌朝に病院に連れてゆこうかとも思ったが、この騒ぎでは、明日になっても病院のほうもどうなるのか、分からないと思い返し、１１９番で救急車を呼んだ。

サイレンを鳴らしながら、我が家に近づいてくる救急車を待つ間は、とても長く感じられた。救急車に乗り込み、近くの病院に急行した。いつもより、むしろ救急患者は少ないというようなことを救急隊員はいっていた。重大な危機になると、むしろ病人は減るのかと、不思議な気持ちになった。

近くの総合病院で、担当医に見てもらうと、大した異常もないから、脳貧血でしょうと診断される。点滴をして、しばらく休んでいたら、そのまま帰ることができそうだ。私は昨日からかけ続けていた息子二人のケータイに、またもや何十回、何百回とかけ直し、ようやくつながる。日本中の空を電波が、津波のように波打ち、波しぶきのように散乱しているのだろう。看護師詰め所では、看護職員たちが、明日の停電がどうなるかと、話し合っている。病院には特別措置で配電してくれるのでは、という声に対し、地域的に輪番停電となるのだから、特別措置は難しいだろう、地下の自家発電装置で最低限の電力を確保しなければならないなどと話している。

電車が止まり、駅舎の照明が消え、街灯も信号さえも消えている。次男の潮の嫁の八重ちゃんは、勤務先から南行徳の部屋まで、五時間近くかけて歩いて帰ってきたという。


亜子の文章のなかに出てくる「本物のミンクのコートを着たロシア人形」というのは、サンクトペテルブルグで買ったものだ。米原万里さんたちといっしょに行ったモスクワ、サンクトペテルブルグの旅行の時に買った。演劇関係の人たちといっしょのツアーで、米原万里さんが、サンクトペテルブルグ市内の観光ツアーのガイド兼通訳をしてくれるという、きわめて貴重で贅沢な旅だった。エルミタージュ宮殿の博物館、ドストエフスキーの旧家の博物館、収監されていた監獄、プーシキンの通っていたカフェ。現地のガイドさんのロシア語を直ちに米原万里さんが、同時に通訳してくれるのだから、何とも豪勢なものだ。その気分もあってか、妻も結構高価な「ロシア人形」を博物館のミュージアム・ショップで衝動買いのような感じで買ったのだ。私はソ連時代のポスターのコレクションを買った。

米原万里さんとは、私は読売新聞の書評委員としていっしょだった。日本ペンクラブの委員会でもご一緒したので、知り合いだった。妻の方は大学時代に友だちで、それ以後にもしばしば交流していた河村さん（結婚して河村という姓になったという）と、米原さんが高校時代に同級生で親しかったという縁があった。それで、米原万里さんのロシア旅行に、私たち夫婦が同行することになったのである。

その後は、米原万里さんとは、著書をいただいたり、年賀状を交わすぐらいの付き合いが続いた。彼女は卵巣ガンを患い、外科手術や放射線治療、抗ガン剤治療などの三大治療を試みた後、そうした治療を拒否して、まだ確立されていない活性化自己リンパ球療法や温熱療法などを試み、ガンと壮絶に闘うという闘病生活を送ったが、二〇〇六年の五月に五十六歳で亡くなった。独り者の万里さんの死後、犬と猫が遺族として残された。年賀状にはいつも犬、猫の写真が貼り付けてあった。

活性化自己リンパ球療法というのは、自分の体のなかのリンパ細胞を取り出し、それを培養してまた体内に戻すということで、理論的には自分の免疫細胞でガン細胞を攻撃するというものだから、ひたすらガンを切除し、放射線で叩き、抗ガン剤（毒薬）で痛めつけようとする三大療法とは根本的に考え方が異なっている。結果からいえば、健康保険のきかないこれらの療法は費用だけは莫大なわりには（数百万から数千万円といわれる）効果ははっきりせず（効果はなかった）、溺れる者の〝わらしべ〟ほどの意味しかなかった。ガンモドキ理論で著名な近藤誠氏は「（ガン治療について）一般に患者・家族は、いかがわしいものであればあるほど、大金を支払わされている」と喝破しているが、そう分かっていても、それらの療法を無視や黙殺するだけの勇気は、なかなか持てないのが現実なのだ。

米原万里さんと、私たち夫婦は彼女とほぼ同年齢なので（一九五〇年生まれ、私たちは一九五一年生まれ)、その早い死を悼むと同時に、私たちの世代にも最後の日がだんだん近づいて来るような気がして、粛然とした思いになった。もちろん、その時は自分たちにそんな病魔が襲って来るとはまったく予想もしていなかったのである。

彼女が亡くなってから十年以上の時間が経ち、彼女が知らなかった、試みることのできなかったガンの治療法が開発された。私たちも、重陽子治療や遺伝子検査や「オプチーボ」などの薬による治療を考えなかったわけではない。ただ、いずれも亜子のような炎症性乳ガンについては、臨床実験もなく、新しい治療法を試験的にやってくれるところも見つからなかった。遺伝子検査は、聖路加病院のオンコロジーのドクターにお願いして、築地のガンセンターで被験者として遺伝子検査を受けようとした。けれどもいったんそれが決まって受診日も決定したのだが、ガンセンターの方から、現在の妻の病状では無理だということで、白紙に戻された。検査によって有効な抗ガン剤が見つかる可能性は少なく、そうした治験に十分な病状ではないと判断されたようだ。最後の〝わらしべ〟もこうして手ばなさなければならなかったのである。

「オプチーボ」は、NHKの科学番組でその発想と発見の過程を見ていたので(妻と二人で見ていた)、かなり期待の持てる新薬だと思ったが、薬価が馬鹿げているほど高く、皮膚ガンと肺ガンには健康保険が適用となったが、乳ガンなどに適用となるのはかなり先のことで、亜子には間に合わないだろうと思わざるをえなかった。効果も百パーセントどころか、数割というのだから、費用対効果には乏しいというべきか。

丸山ワクチンのことも考えたのだが、聖路加病院では、転院しない限り無理だといわれたので、諦めざるをえなかった。弟の亮二くんの延命に効果があったと信じている亜子は、体質からして効くのではないかと期待していたところもあったのだが、標準治療を諦めてまで試みるにはリスクが大きすぎると考えざるをえない。反対派は、あんな水のようなものというのだが、特に害がないのなら偽薬としてでも認可すればよいのではないか。しかしそうもいかないのが、ガン医療の世界の複雑なところだ。

十二月二十三日（土曜日）曇りのち雪

人工透析をしている時間は、限りなく退屈だ（穿刺の痛みはそれほどでもなくなった）。仰向けのまま左手は血液の出し入れをするチューブによってつながれ、右手には血圧計のカフを巻いている。小型テレビをイヤホーンで視聴することはできるのだが、興味のあるテレビ番組があるわけではない。大相撲の世界の不審事を延々と流している。

北朝鮮のミサイル発射や、イカ漁船の遭難、漂着問題も同じ映像を繰り返し繰り返し流している。集魚灯も冷凍設備もない木造船で、日本海の荒い海に出漁しなければならない朝鮮の漁師たちの悲劇を、同情心もなく、迷惑といわんばかりに（迷惑どころか、犯罪だというニュアンスだ）、報道しているのを見て、こうした偏向報道に腹を立てざるをえなかった。私が驚いて、啞然とし、一番腹を立てたのは、NHKのニュース番組にコメンテイターとして出演していた朝鮮問題の研究家と称する学者が、北朝鮮でも経済が好転し、富裕層の間にヘルシー志向が高まったので、イカ漁業が盛んになったというコメントだった。

どこの世界に、金持ちのヘルシー志向のために、死を賭するほどの危険を冒してイカを漁りに行くバカがいるか。北朝鮮の食糧事情が、ヘルシー志向どころか、絶対量の不足で餓死者すら出ているという現実を、この研究者と称する人間はどう見ているのだろうか。暗愚で残忍な指導者のノルマの指示と、背に腹はかえられない窮乏と、まさに一攫千金の夢（それも彼ら以外の者からみれば貧しいものだ）を夢見て、何の装備もない、木造の原始的な船で漁に出かけなければならなかったのだ。

そんな遣る瀬無い現実を知っていれば、松前小島に漂着した北朝鮮の漁師たちが窃盗を働いたということも、同情こそすれ、単に泥棒呼ばわりして罵ることは、私たち日本人の間に、貧しさや絶望に対する惻隠の情や共感がいかに失われてしまったかを証明するものであって、心の貧困をこそ物語っているものだ。隣人の苦しみに、共感も同情もできないように、私たちは飼い慣らされている。マスコミやジャーナリストやコメンテイターたちが、権力者たちが言いたいことを代弁しているのを聞けば、この国に言論の自由はすでに失われたものと思わざるをえない。

私は亜子といっしょに北朝鮮へ行った旅のことを思い出した。もう二十年近くも前のことになる。

大学の関係者のグループで訪朝団を作り、北朝鮮の主体科学院（主体思想を研究する人文科学研究所だった。当時の所長だった黄長燁氏が後に韓国へ亡命し、組織としては解体された）というアカデミーが招待、受け入れ機関となったのである。

　こうした特別なルートでなければ私たちが北朝鮮を旅行することはできなかっただろう。なぜなら、私たち夫婦は、その前に一度北朝鮮に観光旅行に行こうとビザを申請したが、日本の旅行代理店に拒否されてしまっていたからだ。実は、私はそれ以前に別の観光ツアーで一度、北朝鮮に入国していて、その時に書いた紀行文（産経新聞と、雑誌『正論』に寄稿した）がどうやら北朝鮮当局（か朝鮮総連）の禁忌に触れたらしい。

　翌年、今度は夫婦で観光ツアーへの参加を申し込んだのに、旅行代理店からはそれ取り下げろ、という電話がかかってきた。参加拒否の理由を教えてほしいという私に、相手は最初は、参加申し込み人数がいっぱいになりそうだから、とか、一度行ったからもういいでしょう、とか、理由にならない理由をしゃべっていたが、しつこく食い下がる私に業《ごう》を煮やしたのか、「あなた、身に覚えがあるでしょ」と冷たく電話を切られたのである。私はただ、北朝鮮の危機の時には、平壌の金日成像が、大魔神のように動き出して、それを救うのでは、などと書いただけなのだが（あと、大同江のほとりにうずくまる労働者の写真を撮った）。

　前回は、私へのとばっちりで北朝鮮に行きそこなった妻は、この機会を逃さずに、主体科学院とのアカデミー交流の訪朝団に、私といっしょに潜り込むことになったのだ。

その時に見た北朝鮮の食糧難という事情はそんなに変わっていないだろう。いや、もっと深刻化しているかもしれない。その実例をいくつか。

平壌から日本海側の元山へ、私たち訪朝団の一行は自動車を並べて出発した。途中で先頭車が故障した。次々と車列は止まって、私は車を降りて、左右が畑（といっても何も植わってはいなかった）の郊外の道路の外気を吸い込んだ。女性が二人、道路脇に坐り込んで休んでいるようだ。何気なく近づき、二人が大きな荷物を傍らに置いてあるのを見て、「これは何？」と訊いてみた。すると、年輩の女性はおおあわてといった様子で、「じゃがいもです。軍隊にいる息子に届けるのです」と怯えたように釈明した。

道路脇に腰を下ろし休んでいるところに、急に高級車が止まって、そこから降りて来た肥満体の男が、運んでいた中身を問う。北朝鮮では、食糧品はすべて配給制であり、農民といえども収穫物を勝手に私有することはできない。リュックサックに詰めたイモは、いわば闇物資である。女性が、私を党のお偉方か何かと勘違いして、食糧品の持ち運びを咎められたと思っても無理はなかった。

私は単にちょっとした好奇心で訊いてみたのだが、このことで北朝鮮の人々の食糧難の実態に触れたと思った。第一線の軍隊の兵士は別としても徴兵制の兵士たちの食糧事情は決してよくない。下級の兵士には、こうして母親がジャガイモや米などの食糧を差し入れしなければ、お腹を満たすことができないのだろう。上司や仲間からのいじめやしごきに合うのかもしれない。

一般人だけでなく、軍隊のなかでも食糧難は深刻だと聞いていたが、そのことを実証する例に偶然に遭遇したと思わざるをえなかったのである。

どこの国でも子どもに対する母親の愛情は同じだ。妻が別居した息子たちに送るために、段ボール箱にインスタント・ラーメンや菓子袋をせっせと詰め込んでいるのを見て、買ったほうが安上がりなのにと笑う私に、余っているのだからいいのよ、と言い訳したのである。

戦前に、母親が兵役に就く息子のために、牡丹餅や赤飯などの食べ物を持って面会に行くという話はよく聞いたが、主食としての食糧品を親に差し入れしてもらわなければならない軍隊というのは、はたしてまともに戦えるのだろうかと、余計な心配をしないではいられなかったのである。

トラックの荷台にすし詰めに乗っている人々がいた（労働供出に行くのだろう）。猛スピードで、でこぼこ道路を走って行く。その振動で、上に乗った男の人が一人、振り落とされた。硬い路面に激突した。後ろから走っていた私たちの車からその墜落の瞬間がよく見えた。死んだのだろうか、あんなに勢いよく落ちたのだから、無事ではあるまい。落ちた人は、片手を上げ、おおーいというようにトラックに呼びかけた。生きていた！　私たちの車は、その脇を走り過ぎて行ったので、その後の顚末は知らない。私と妻は、彼が打ち身の怪我程度で済んだことを祈らざるをえなかったのである。

北朝鮮では、私と妻は、団体行動からはみ出すことで、グループのなかで、そしてガイド兼監視人からの要注意人物だった。集合時間には遅れる。休憩時間には、勝手にそこいらを歩き回り、姿をくらます（裏小路を歩いて、普通の庶民の生活を垣間見ようと思ったのである。お仕着せの、芝居の書き割りのような街ではなく)。デパートに見学に行った時は(ショッピングに、といえないのは買うものなどなかったからだ)、ちょうど昼食時だったので、食堂に行ってみることにした。食堂に上がる階段に、何階分も人々の行列があった。照明を点けず、暗い階段に大勢の人々が黙って列を作っているのである。私たちはその傍らを抜け、食堂の階まで上がろうとした。すると、順序を守れ、といった声が上がった。私と妻は、ちょっと見に行くだけだと言い訳しながら上がっていったのだが、食堂の扉は閉まっていて、ちょうど十二時頃にならなければ開かないらしかった。それまで、みんなは黙々と行列しているだけなのだ。一日に提供される食事の数は決まっている。後列に並ぶ人には食事は廻ってこないかもしれない。それでも、運を信じて並ぶ以外に仕方がないのである(外食には、外食券が必要であり、自由に飲食することはできない)。

デパートや食糧品の売店を見ても、八百屋さんの店の棚には野菜はなく、魚屋さんの売り場には水産物はなかった。あるのは、クズ野菜と、塩ワカメと、卵ぐらいなものだった(どういうわけか、卵は売店でも売っていたし、農家の冷蔵庫の中を見せてもらった時も、たくさん並べてあった。生鮮食品は、保ちが悪いので、有る時にはいっぺんに多数流通するのだろう)。

醤油、味噌、油などの調味料は週に一回程度の配給制、米や肉はめったに手に入らないと聞いた。平壌の目抜き通りにあるデパートで買い物が許可された時、私が買ったのは瓶詰めのジャムであり、妻が買ったのが朝鮮将棋の駒だった。食べ物も、日用品も、私たちが購買したいと思ったものは、それぐらいしかなかったのである。

元山の港を見物に行った時は、たまたま休憩所の食堂にいた時に、沿岸漁業の漁船から毛蟹が水揚げされたという。盥いっぱいに茹であがった毛蟹は、小ぶりのものだがいっぱい百円程度の安値だ。私たち団体客が買うと、たちまちのうちに売り切れた。妻はたまたまトイレに行っていたので、毛蟹を食べ損ねた。冷凍、冷蔵の施設がなく（あっても、停電などで動かない）、消費地の平壊などへ運ぶ手段もなく、地産地消せざるをえない。

漁船は、石油がなく、古い小型の木造船で沖合や遠洋に出かけられない。沿岸で操業しても資源は細り、気まぐれのようにしか水揚げはない。

日本海の荒海に、命と引き換えにイカを漁るために極限の漁に乗り出さねばならないという条件は、すでに二十年以上前から出来上がっていたのである（だからこそ、ヘルシー志向などというたわごとを語る自称・北朝鮮研究者に腹がたつのだ）。

十二月二十四日（日曜日）晴れ

人工透析の治療を受けるにあたって、腎臓病についての啓蒙のＤＶＤを見るようにいわれた。わざわざ自宅に持ち帰って見るほどではないだろうと、透析の間に見ることにした。聖路加病院の腎臓内科で、いろいろなパンフレットやビデオを見せてもらったので、大体のところは理解しているつもりだったが、改めて腎臓病の基本的な知識と透析治療、食事療法などの解説をＤＶＤで視聴することにしたのだ。

そのなかで、透析治療者の死因率の棒グラフの図表があった。ダントツに高いのが心不全で、肺炎や感染症の数倍の倍率ということになる。ただ、心不全以外には少数だが、自殺・自傷という項目があったのを私は見逃さなかった。ほかの病気のことは分からないが、一生涯、人工透析を続けなければならないと思ったら、自殺を考える人がいても不思議はないと思われる（そんなネット投稿があった）。

人工透析を続けたとしても、寿命が保証されるわけではない。開始後しばらくは尿もそれなりに出るのだが、一、二年の間に残存していた腎臓の機能が働かなくなり、尿がまったく出なくなるという。そうすると、尿道が閉鎖され、腎臓移植の際にも尿道が開通するかどうかが手術成功のめやすになるという。なまけていれば、改めて働こうという段階になってもそうはいかないということだ。尿が作られて、尿道が開く際に、ひどい痛みを伴うと経験者の本に書いてあった。私の場合は、それはほとんど杞憂にすぎないが（私は、腎臓移植を試みるつもりはない。他人の腎臓を貰って自分の「生」を延ばそうという気にはなれない。それに移植した腎臓も、七年とか十年といった〝寿命〟があるという）。

透析室には、同じ曜日の患者さんたちが朝、八時半にいっしょに入るので、必然的に顔見知りとなる。私は月・水・金の午前八時半開始のグループで、同年輩の男性三人と、車椅子の女性一人が同じグループだ。八時には病院に入り、パジャマに着替えたり、Tシャツ姿になったりして、透析を受けやすいスタイルとなる。透析のベッドは決まっていて、枕にタオルをかけ、ベッドにバスタオルを敷いて、横になれば準備ＯＫだ。イヤホーンで音声を聴きながら、テレビを見るぐらいしかすることはない。うとうとしていてもいいのだが、右腕には血圧計のマフを巻き、透析のチューブを穿刺された左腕は曲げたり、動かしたりはできないので、熟睡することはできないのだ。

ただ、軽いいびきの声やうなり声が聞こえてくるから、眠っている人もいるようだ。週三回をほとんど終生続けるのだから、慣れの要素も強いのである。だが、透析自体には慣れても、四時間もほとんど同じ姿勢のままでベッドに横たわっていることが耐えられない。二、三時間はともかく、終わりの一時間はとても耐え難い。ニュース・ワイドショーをハシゴしても、同じ話題を懲りもせず繰り返している。トランプ大統領のメチャクチャな政治支配、北朝鮮の金正恩の悪行、大相撲の暴力問題、森友学園の公文書改ざん問題も、何らすっきりしないままに、権力とメディアは、結託して国民に欺瞞を強いている。テレビ報道による権力批判は限界に近いまで衰退しているのである。

透析の後、別段、異常がなければ退院してよいという許可が出た。これまで連日、透析を続けたおかげで、体内の余分な水分が除水され、足のむくみも取れ、体の調子もよいのだ。今後も、適正なドライウエイトにして、今後、体重管理をきちんとしなければならない。

退院しても、週に三日間は透析のために通院しなければならないのだから、あまり退院という喜びはないのだが、ひとまずはホッとした。
午前中にリハビリをして、午後から人工透析、それが終わってから夕食をとって、退院することにした。着替えや靴など、最低限の荷物しかなく、義兄に車であらかじめ運んでもらい、私は姉に迎えに来てもらい、タクシーで帰ることにした。一週間の入院生活も終りだ。広い病室にただ一人という淋しさがむしろ懐かしい、そんな時がくるだろうか。

十二月二十五日（月曜日）晴れ

クリスマス前に退院することができた。もっとも、月曜日から週三回の通院による本格的な人工透析治療が始まるのだから、あまり退院という感じはしない。これを死ぬまで続けなければならないということを考えれば絶望的になる。隔日に一回、シャントした腕に二箇所の穿刺は、決して痛くないことはないし、傷跡も癒えない。透析の間、三時間も四時間も腕を拘束されて横たわっていなければならないのは、苦行以外の何物でもない。それで不調な体のままシジフォスのような日々を最期まで続けるのかと思うと、自殺を考える人がいても不思議ではないだろう。でも、私には自殺という考えはない。遅かれ早かれ、死ぬのも無理はないだろう。死ぬことが定まっている身の上で、少しばかり早かろうと遅かろうと大した違いはない。そのことが、私に死をあえて早めることを選択させない理由なのだ。

亜子が死んで、通夜、葬儀を終えた後、私は早々に築地のマンションの部屋を引き払い、札幌の妹の家に居を移した。三つ違いの妹は、小学校の教師をしながら、実家の両親そばに家を建て、一人で独身生活をしている。家には、私一人ぐらいが寄宿する余裕はある。

四月の末から八月までの足掛け四か月間住んだ築地の部屋に私一人で、これ以上住み続けることは何と言われようと嫌だった。マンションの管理人さんに家内の死と引越しのことを伝えると、「この前までお元気で、二人で散歩なさっていたのをよく見かけたのに……」と絶句した。病院の霊安室から火葬場へ亜子の体を運んでゆく途中で（霊安室から棺が出て行く時、ホスピス病棟の手の空いた看護師さんたちが見送ってくれた。病院の建物を抜け、道路に出て振り返ったら、まだ見送りの皆は頭を下げ続けていた）、築地のマンションの前を通りかかった。四月末に引越してきて、七月にはもうホスピスに入院して帰って来ることのなかった私たちの部屋。カーテンレールに逆に取り付けて亜子に呆れられた真新しいカーテンに閉ざされた、九階の角部屋が亜子の最期の住居だった。涙が滲んだ。

築地のマンションの、新しく買い整えた家財道具をすべて処分して（冷蔵庫、洗濯機、ベッド二台、机、椅子の二セット、物干し竿、鍋釜や、食器やバケツやゴミ入れなど、もろもろの日常用品を一か月ほどして買い揃えたのに）、賃貸のマンションの部屋を整理をしてから、九月の半ば、私は猫のジャマコをケージに入れて飛行機に乗せ、羽田から新千歳へと飛び立った。離陸する時、不意に涙がこぼれ、流れた。布佐の家に戻るという選択肢は、私にはなかった。思い出の詰まりすぎた家で、一人で暮らすことは考えられなかったのだ。私たちの家はもうなくなり、「私の家」は、もはやどこにもなくなってしまった。それは本当は築地に転居した時に気がつくべきだったのに、そう考えることが嫌だったのだ。

四十五年ぶりの札幌での生活の大半は（私は二十代中盤の一年間、札幌の実家で暮らした）、ほとんど毎日のように、市内の銭湯や郊外の温泉施設を巡ることで費やされた。北海道は、亜子と知り合い、結婚する前まで私が暮らしたことのあるところで、札幌にはほとんど亜子を思い出させるような場所はなかった（ずっと以前に、幼い息子たちを連れて、実家に帰り、雪まつりを見物したことなどがあったが）。亜子と私との生活の思い出がないところで、心身の疲れを癒そうとしたのである。

札幌に来た当初、大通公園で秋の味覚フェスティバルといった催しものをやっていた。ラーメンやジンギスカン、バターやチーズをふんだんに使ったスイーツなどのテント屋台が軒を並べ、野外の会場でビールを傾けているグループやカップルがいる。私はその中で一人で北海道の地元ビールを飲む。楽しそうな人々の中にいれば、気が紛れ、孤独感が薄まる、と思ったのだが、そんなことはなかった。東京にいる子どもに何の用もないのに、電話をする。息子でもいい、甘える対象が欲しいのだ。だが、息子が電話に出ると、無理に用件を作り出して、そのために電話をかけたのだと装う。われながら淋しい習性である。

三か月ほどしてから、亜子が残した小説などの文章をまとめて、遺稿集を編むことを開始した。『朝』などの同人誌に発表したものを、パソコンにもう一度入力し、本にするための原稿と版下を作ることにしたのである。学生時代のガリ版の雑誌から、同人誌、商業誌、地域新聞などに亜子が発表した作品を集め、それを編集し一巻の作品集として刊行しようと思ったのだ。一周忌に間に合えばいいかという程度なので、時間的な余裕はある。

いままであまりちゃんと読んでこなかった妻の作品を読むことは、不思議な体験だった。あまり考えずに、ただキーボードを打つ単純な作業ほど、今の私に向いている仕事はなかった。それでも、いろいろなことが思い出されて、手が止まってしまうこともたびたびだった。誤字や誤植を訂正するだけで、原文をいじったり、改変することはしなかった。いちおう入力し終わってから、最後に「あとがき」を書いた。こんな具合だ。

あとがき

この本は、私、川村湊の亡妻、亜子が書き残した文章をまとめたものである。私と妻は、大学の文芸サークルで知り合い、結婚し、二人の子供をもうけたが、互いに文芸の道に進むことを念願としてきた。私は文芸批評家として書くことを主たる仕事として過ごしてきたが、妻はそうした私を支えてくれるのと同時に、同人誌に参加し、自ら創作を継続する傍ら、韓国語の翻訳を始め、数冊の翻訳本を刊行した。

また、韓国での生活体験や旅行体験を通じて得たものを、二冊の韓国に関するエッセイ集として出版もした。

ただ、妻の本当の夢は、小説家となることであり、創作の道を進むことであったことは間違いないと思う。生前に、何度か創作集を出そうかという話はしたのだが、その都度、まだそんな気にはなれないと消極的だった。まだ、自分でも納得のゆく作品を書いていないということがその理由だった。

だから、こうした創作を中心とした本を出すことは、妻にとって本意に沿うものだったとは思われない。これはただ、妻の創作活動を、あるいは抑圧的に振る舞っていたかもしれない私の贖罪感によるものだ。また、妻とはいえ、私とは別人格の人間の作品として、活字化して（本として）残しておくだけの価値はあると批評家としての私が思ったからだ。

この本には、学生時代にサークル誌や同人誌に発表した習作を除いて、これまで公表した文章のほぼすべてを網羅した。ただし、書評や同人誌に掲載した物故者への追悼文は除外した。もちろん、私の目の届いていないところに書いた文章などは、収録されていない。また、発表以前の未定稿や断片などがパソコンのなかにいくらか残っていたが、そのなかで夫婦で旅行したフランスとブラジルの紀行文の未定稿を若干整理した上で、私自身の思い出のよすがとして、収録することにした。

私たち夫婦は一緒に、韓国、バリ、フランス、ブラジル、アルゼンチンだけではなく、北朝鮮や中国、タイ（チェンマイ、バンコク）、ロシア（モスクワ、ペテルスブルグ）、ギリシア（アテネ、エーゲ海クルーズ）、スペイン・ポルトガル、東欧（ポーランド、チェコ、スロバキア、ハンガリー、オーストリア）、アメリカ（ハワイ、サイパン、ニューヨーク、フロリダ）などを旅行した。そのたびに妻は、旅行の記録を書いていたらしいが、まとまったものは「熱帯官能〈バリ〉」だけで、あとは断片が残されているだけだ。「わたしの旅物語」という題名が残されていたが、そうした題名で、北朝鮮、上海についての書きかけの原稿があり、そのなかで長めでまとまっていると思われたのが、フランスとブラジル・アルゼンチン（アルゼンチンには、まだたどり着いていない）のものだった。他人にとっては単なる赤毛布話《あかげっと》として、興味索然とするものでしかないかもしれないが、私にとってはいろいろなことが思い起こされる貴重な文章群である。

原文の変更は、明らかな間違いや誤植を訂正した他は、算用数字を漢数字に改めたり、若干の文字遣い、送り仮名などを整理したにとどめた。

作品の配列の順序は、創作は執筆（発表）時期の新しいものからとし、エッセイと紀行は逆に古いものからの順とした。これで小説とエッセイの境目が曖昧になり、どちらとも川村亜子の作品の世界であることを示したつもりである。

　最後に、改めて妻の文章のために誌面を割き、合評などをしてくれた同人誌の仲間たち（『朝』や『水脈』など）や、その読者たち（支援者、協力者）に感謝しなければならない。妻・亜子が細々とながら長い間、書き続けていられたのも、そして私が妻に支えられて批評家として書き続けられたのも、こうした人たちのおかげであると、妻の死後となった今においてしみじみと感じるようになった。

　この本を、それらの人々へのささやかな贈りものとすることができたなら、妻と私にとって、これにまさる喜びはないのである。そして、息子と嫁たち、孫たちへの形見としても。


　こうした作業を続けている間中、私は常に亜子との言葉にならない対話を続けているような気がしていた。いくつかの場面には思い当たる記憶があり、何人かの登場人物には、具体的な知人や他人が思い浮かべられた。曾遊の地や知っている場所が舞台になっている場合もあった。もちろん、小説自体は虚構だが、現実からまったく離れたところで作り上げられているわけではない。基本的に家庭の主婦として暮らしてきた亜子には、小説のテーマとしては、近所の奥さんたちの噂話や家庭の出来事、家族や知人、友人たちの出来事をデフォルメして使っていた。

　ひいき目かもしれないが、亜子の小説的実力はかなり高かったと思っている。今年、三月に同人誌『朝』に発表した「たがめ」は、同人仲間からもかなり高い評価を受けていたが、本人は、まだまだのつもりでいたようだ。入院してから、創作集をまとめたらどうかと水を向けると、「まだ早い」ということだった。遺稿集なんかにならない（病気はまだ大丈夫だ）という意味と、もっと〝いいもの〟を書きたい、書けるという意気込みがあったのだと思う。同人仲間が次々と作品集を刊行し、全国紙で書評されたり、地方の文学賞を受賞したりして評価を受けている。妻にも「私も」という気持ちがまったくなかったとは思っていないが、世間的には、文芸評論家・川村湊の妻であることで、作品集を刊行することに少し閾が高くなったような気が妻の中ではしていたのではないだろうか。夫の〝七光り〟（そんなものがあるとは思えないが）で作品集が刊行されたと見られることを、それなりに文学的プライドの高かった妻が忌避しようとしたことはあったのではないかと思う。

「白雉子」という作品で、女流文学新人賞の最終予選にまで残ったことと（この作品は、アメリカで鉄道建設に従事した中国人工夫の話だったと聞いたことがある。公募制だった女流文学新人賞への応募作は、当選作以外、公表されることも返却されることもなく、原稿は失われた。亜子には自分の原稿に関してはあまり執着しない傾向があった）、浦安文学賞を「冬の川辺」という作品で受賞したことは妻の文学歴の中での業績だが、「白雉子」は私と結婚する以前のことで、「冬の川辺」も、私がまだ文芸評論家としてあまり活動していない当時のもので、それが受賞に影響したとは思われない（選者は渡辺淳一氏一人で、私は面識はなかった）。妻の実力そのものだと思う。

「冬の川辺」は、借金のため母親と離婚した父親と、その若い娘が競艇場にゆくという話で、父と娘との心の葛藤が描かれている。競馬、競輪、競艇などのギャンブル好きだった亜子の実の父親がモデルとも思われるが、離婚のこともなければ、娘をギャンブルの現場に伴ったこともない（孫の岬が幼い頃に、競馬場に行ったことは聞いた）。実の父親、母親との関係が、さまざまな意味で妻の生き方を縛っていたようで、残された作品のテーマは、親子の関係、夫婦の関係など、家庭、家族の問題を底に沈めたストーリーと思われる。その意味では、妻の「私小説」のようなものと考えてもいいのかもしれない。

「姥湯宿の絵本」は、私たちが結婚の報告のために、私の実家に行った帰りに、山形県の秘湯といわれる温泉宿へ行った実景が描かれている。片手のない仲居さんの話は虚構だが、登場するその息子には、宿の中で会っている。主人公の若い男女は、私と妻にそれほど似ているわけではないが、妻の当時の心境がこんなものであったのかと、みずみずしく思われるところがあって、私の好きな作品である。題名を決めるのにいささか迷ったが、作品名を三つ並べて『たがめ・冬の川辺・蓬川村亜子作品集』とした。「たがめ」は最新作、「冬の川辺」は、出世作（?）、「蓬」は漢字一字ですわりが良かったから選んだ。

結婚以降、出産、子育て、家事、貧乏所帯での内職などでいそがしい日々はあったが、私が定職を持ち、家計も安定して、子どもたちにも手がかからなくなった頃には、韓国語の翻訳が妻の主たる仕事となった。韓国で生活していた時に、生活の必要に迫られて無理矢理に覚えなければならなかった韓国語で、妻はいつも正式に韓国語が習いたかったと私に対して不満を言い、テレビの韓国語講座や近所の韓国語講師のところに会話や作文などを習いに行ったが、初級・中級ではやさしすぎ、高級では難しすぎると文句をいっていた。結局は、翻訳は実践の中で学んでゆき、特に尹學準《ユンハクジュン》先生を指導者とした『太白山脈』のグループでの翻訳は、妻に大いなる修行の場となったようだ。

私が頼まれた、アルバイト的な翻訳も亜子がこなし、私との連名で発表したこともある。『軍艦島』も、最初は私が義理から引き受けたもので、妻と安岡明子さんの二人で、全五巻の原作を完訳して、それを私が日本語訳本二冊に縮めたものだ。中に出てくる長崎弁の会話に、妻のオリジナリティーが活きていると思われる。

亜子は、翻訳自体は嫌いでなかったと思う。創作の代償として、翻訳の文章を綴るということがあったように思う。自分で進んで積極的に行った翻訳ではないが、辞書を引き引き、日本語の表現に苦労するという過程は、困難はあっても、それほど厭うべきものではなかったようだ。「私は翻訳に向いているかもしれない」と、自分でいっていたこともある。私としても、あまり負担とならない程度に妻が仕事を持つことを嫌うべき理由もなく、さほど協力的でもなかったが、それを否定的に考えることはなかった。私が旅行中や外国に滞在中に、一人で留守宅にいる間、翻訳をして時間を過ごしていると聞いたことがある。専業主婦の趣味としては、実利にもなり、余暇の利用ともなり、達成感もあるという、一石二鳥、いや、三鳥の仕事だと思われたのである。

十二月二十七日（水曜日）晴れ

人工透析が終わる頃にダイアライザーにつながる回路を見ると、チューブの先の太い部分に血液が流れているのだが、そこが透析液で薄まると、小さな羽根のようなものが、流れに逆らって舞っているのが見えた。脈動とともに、チューブの中を血液が流れるのだが、三日月型の羽根のような赤いものがひっかかっていて、流れていかないのだ。何だろうと、寝たまま、看護師さんに聞くと、「血栓ですよ。時々あるんですよ」と事も無げにいう。

飛行機の中で長く坐っていると足の血管に血栓（血液の塊）ができ、それが脳や心臓の血管を塞ぐと死ぬこともあるという、いわゆるエコノミー症候群の元凶の血栓なのだ。自分の血管の中にもそんなものができていたのか。よく、針の細いチューブを通って、出てきたものだ、と感心すると同時にひやっとした。これが血管に詰まれば、血流はさえぎられ、酸素も栄養素もゆきわたらなくなる。脳血栓で、生命に関わるし、命を取り留めても、身体障害の後遺症も残るかもしれない。

新聞の書評委員会でいっしょだった日本史の先生が、ヨーロッパから帰国してすぐにエコノミー症候群で亡くなったということがあった。ファーストやビジネスのクラスを嫌い、あえてエコノミー席の飛行機に乗ったのが災いしたようだ。贅沢を嫌うという心情には共感するが、命を危うくしては元も子もない。こんな吹けば飛ぶような羽根の形の血栓が、重大な結果をもたらすのだ。

上野千鶴子さんの「おひとりさま」のシリーズを読んだ。『おひとりさまの老後』、『男おひとりさま道』、『おひとりさまの最後』の三冊だ。これに『老いる準備　介護すること　されること』を加えて「おひとりさま」シリーズは完結だ（それに対談本などもある）。フェミニズムの闘将としての時代から上野さんの著作は読んでいたが、「おひとりさま」シリーズは、ベストセラーということもあって、手を伸ばしにくかった。ベストセラーになった本は、しばらく時間を経てから読んだほうが、その本の真価が分かるようになると思っているからだ。

妻が死んで、「男おひとりさま」になって、はじめて「おひとりさま」として生きてゆかなければならなかったことを痛感した。人間、最後はみんな「おひとりさま」になるという『おひとりさまの老後』の冒頭の言葉が、身に沁みて感じられるのだ。妻に先立たれ、自分が取り残されるという事態が出来《しゅったい》することなど考えてもみなかった。

妻の乳ガンが判明してから以後、そんなことは当然考えなければならなかったことなのに、頭が廻らなかったというより、頭を廻そうとしなかったのである。

あらためて「おひとりさま」になった時、築地のマンションはもちろん、布佐の家にも住めないというのが現実だった。精神的な問題もあるが、何よりも一人では病院への通院や、生活上のインフラへのアクセスが困難だということだ。今までのように、腎臓病治療のために聖路加病院に通うのは無理だし、食糧品や衣料品の買い出しにも、歩いたり、自転車で行くことは可能だが、それもいつまでも可能だとは思われない。看護や介護が必要となれば（その可能性は高い）、布佐の自宅に住み続けることは困難だ。ただ、息子たちとの同居は、上野さんが「悪魔のささやき」といっているように（配偶者が亡くなった後、子どもがいっしょに同居しようといってくれることを、こう形容している）、お互いの生き方にとって必ずしもベストでもベターでもない方法といわざるをえない。

といって、自分が「おひとりさま」として、自宅をホスピスとして〝終活〟の最期を迎えることは、難しい気がする。人工透析を続けなければならないので、最終的には誰かに看取ってもらわなければならないと思うのだが、一番の頼りだった妻に先立たれて、私としてはまったく当てが外れ、困惑せざるをえなかった。上野千鶴子さんや、私が現在厄介になっている妹のように、早い時期から「おひとりさま」の暮らしを始め、それなりのノウハウを持ち、覚悟も決まっているのならとにかく、私にとって「男おひとりさま」の道は、きわめて険しく、厳しいものと思われてしかたがないのである。

大学のサヴァティカルや夏冬の長期休暇で海外や国内でのホテル暮らしも珍しくなく、その間は外食以外の食事は自分でやり、下着や靴下の洗濯などを行うことが多かったから、衣食住の生活そのものにすぐに困るというわけではなかった。亜子がガンとなって以来は、脱水洗濯機の使い方や洗剤の選択、物干しとその取り込み、掃除用具とその使い方、風呂の沸かし方、衣服の収納法など、ゴミの出し方などは、実習的にやらされていたので、妻がいなくなったからといって、衣食住に途端に困るということはなかった（私の父の場合は、母に死なれた途端、衣食住は姉や妹の世話になった)。

困ったのは、銀行関係の管理と税金の処理、生命保険などの管理だ。預貯金の管理はすべて妻に任せていたのだが、自分がガンとなって通院を始めた時から、銀行の貸金庫に保管していた不動産の登記書や保険の証書、実印などを、金庫使用を解約してすべて私に託すことになった。宣伝につられて、結局は大損となった投資信託や、外貨預金(これは少し儲かった)も解約、整理して、私が管理することになった。築地のマンションに移る前に、二〇一七年度の確定申告書は私に書かせ、その書き方、申告の仕方を伝授してくれた。医療費、生命保険・火災保険の保険料、もの書き収入のための必要経費など、これまで領収書だけをこまめに集めていただけとは違って、使途別に分類し、計算し、税金控除額を算出しなければならなくなったのだ。これを始めて、やっと妻の有り難みに気づいてもそれはもう遅いのである。

ただ、それは面倒なことであり、煩わしいことではあるのだが、悲哀と無聊をかこっている今の私にとっては、一つの救済であるのかもしれない。医療明細書や領収書を整理し、計算している間は、他に何かを考えることなく、書類作成以外の余念はなくなる。それを知っていて、亜子は入院前に、私に確定申告の書類を清書させたのだろうか。「来年からはあんたが全部するのよ」と、叱咤激励しながら私に税金の書類作成を任せたのは、私に「やるべきこと」を残すためだったのだろうか。よほど税理士に丸投げしようかなと思ったのだが(それほどの金額でもないし)、やはり自分でやろうと考え直したのは、それが妻の遺言だったような気がしたからだ。

十二月二十九日（金曜）曇り

病院の待合室に坐っていたら、「お父さん、ここよ」という声がした。はっとして振り返ったら、高年の婦人が、受付の前で立っていた年輩の男性に声をかけたのだ。声が似ていたわけでもない。顔や姿が似ているわけでもない。ただ、その「お父さん」という声に、一瞬、自分に呼びかけられたもののように錯覚したのだ。

中高年の夫婦が互いに「お父さん」「お母さん」と呼び合うのは、よくあることで、わが家でも子どもが独立して家を出てからも、妻からの私の呼び名は「お父さん」だった。私や子どもたち相手以外にも、私のことを「うちのお父さん」といっていたようだ。「お父さんが糖尿だから、桑の木を植えて、一所懸命、桑の葉茶を作っているの」と、友達に話していたことを教えてもらった。桑の葉が、血糖値を下げる効果があるということで、桑の葉を摘み、ベランダに並べて乾燥させ、粉々にして煎じて飲んでいたのだ。しばらく続けたが、あまり効果があったとは思えず、庭の桑の木も伐ってしまった。切り株はまだ残っているが。

「お父さん」と呼ばれることも、叱られることもなくなってしまった、と思うととても淋しい気持ちとなる。今まで何とも思わなかった中高年の夫婦連れを見ると、羨ましさと妬みと悲しみが湧き上がってくるのをこらえ切れないのである。「おひとりさま」の悲哀をしみじみと感じなければならないのだ。

妻が亡くなってから、亜子が作っていた人脈に助けられる思いがしたことが多かった。私の糖尿病を心配して、食べ物や飲み物に気遣っていたことを教えてくれた友達もそうだし、乳ガンになってから、夫や子どもたちがとても優しくなり、いろいろと話を聞いてくれるようになったことを喜んでいたとか（私＝夫の場合は、身の回りを離れず、つきまとうようになって、かえって鬱陶しいと、冗談風に言っていたようだが）、少しは心を慰められる言葉をメールや手紙で教えてくれる人たちもいた。

会葬御礼のお返しに、お菓子やお茶、果物やお花を札幌にまで送ってくれる人もいた。地元の名産品や、飼い猫の好物（だろうと思う）を送ってくれたのを見て、亜子がその友人たちに何を話していたかが垣間見える気がした。亜子がどんな声で、どんな表情で何を話していたのか。愚痴でも悪口でも自慢話でも、他愛ない雑談でも何でもいい。生前の妻の思い出のよすがとなるものを私は、妻の人脈に連なる人たちの言葉の中から見つけ出そうとする。

十二月三十一日（日曜日）曇り

ようやく、西暦二〇一七年（平成二十九年）が終わる。私の生涯の中でも、特筆すべき一年だった。亜子の死と、私自身の病気。思えば、一年の大半を病院という場所で過ごした一年でなかったか。こんなことはかつてなかった。これからもあってほしくない。除夜の鐘とともに、一年間の嫌な思い出は雲散霧消してもらいたい。しかし、忘れることなど到底できない日々であったことも確かだ。

年始の元日と二日は、透析治療は休みのために、イレギュラーだが日曜の透析日で、今日が今年最後の通院となる。月・水は隔日の透析で、普通は金曜に透析して、土・日が休みとなる。

透析治療を開始したら、週三回の透析は必要だが、一体どれぐらい透析を休止したら、命に関わる状態となるのか。もちろん、人体実験などできないが、四、五日ではないかと、ネットの質問コーナーには出ていた。血液内の毒素を濾過し、尿毒症を防ぐにはそれぐらいが限界だという。長期の海外旅行などが無理なのはこのためだ。もちろん、海外の旅先で透析を受けることも可能だが(費用も結果的には、国内並みで受けられる)、国内でも透析の設備や施術の技術などに各クリニックでばらつきがある状態だから、医療水準が日本より低い国や地域で、慣れない病院やクリニックで透析治療を受けたいとは思わない。いや、忌避する気持ちがあり、これでは海外旅行は諦めざるをえない(現地での透析を見込んだ海外旅行パックもあるそうだが、そうまでして行きたい外国旅行は、今のところ考えられない)。

不自由なこと、これまでできていたことができなくなることは、覚悟の上だったが、あらためてそんな現実に直面すると気落ちがする。できることを数え上げ、体の不調が改善され、歩くこと、階段を上がることがそんなに苦痛でなくなったこと（食欲も増してきた）を思えば、透析のメリットをもう少し積極的に考えてもいいいようなものだが、やはり不自由感は拭えないのである。

二〇一八年三月七日（水曜日）雪

スマホを見ると、潮《うしお》から珍しく電話の着信があったから、かけ直してみると、子どもが生まれたという。予定日を二週間も早い出産である。予定日には上京して、生まれたばかりの孫（女の子）を見てこようと心待ちにしていたのだが、ちょっと拍子抜けだ。母子ともども元気で、赤ん坊は三千グラム以上だから、予定日の方が遅まったのかもしれない（遅まる、という言葉があるだろうか）。生まれたものの、名前はまだない。私と同じように、ぎりぎりの時までやらねばならないことを引き延ばしにするのが、潮の性格である。楽しみを先延ばしにしておこうという気持ちもある。

亜子が生きていれば、どんなに喜んだことだろう。息子二人に不満はないが、私も亜子も、娘が欲しかった。亜子は、自分が兄と弟に挟まれた娘一人のきょうだいだったから、少し思うところがあったのだろうが、娘が一人いてもよかったね、とよく話していた。息子二人を〝嫁に取られた〟ような気分を抱いていたことは確かだった。もちろん、嫁を嫌っていたり、疎ましく思っていたわけではない。世話をしたり、面倒を見たりする対象がなくなり、淋しかったのだ。

女の子がいれば、可愛く、きれいな衣服を着せたり、持ち物を可愛く揃えてあげたりできるのに、と最初の孫（新）が男の子だったのを、別に残念に思っていたわけではないが、物足りない思いをしたのも確かだ。初節句に武者人形をデパートに買いに行った時も、選択は私に任せた。雛人形ならば、絶対に自分で選んだことだろう。

ホスピスに入院した時も、一つの目安は、二人目の孫が生まれる二〇一八年の三月が目標だった。それまでは、死なない、死ねないというのが努力目標となったのだ。「この夏を越すのは難しい」「九月までもつかどうか」と、聞かされていた私は、亜子が二人の孫を見るのを楽しみにしているのを見て、複雑な気持ちだった。それが叶えられればよいという気持ちと、果たされぬ夢を見ることの淋しさだ。お腹のなかの子は、女の子だったと聞かされた時、亜子の生まれ変わりではないかと、思った。そう思いたい気持ちと、思いたくない気持ちが半々だった。なぜなら、孫に生まれ変わったとしたら、亜子の消滅はもう確定したものとなり、記憶や思い出も過去のものとなってしまうからだ。こんな感傷的な気分になってしまうとは自分でも思いがけなかったが、妻といっしょならば、喜びも二倍だったのにと思わずにはいられない（赤ん坊は、知佳《ちか》と名付けられた）。

一月に入ってから、亜子の実兄が死去したという連絡が入った。末期の胃ガンで、腹水にガン細胞が散らばっており、家で寝たっきりになっている状態だから、永くはないと思っていたが、妹の亜子の死後、半年も経たないうちにガンで逝くとは、よくよく不運な兄妹だ。亜子の晩年には必ずしも仲が良かったわけではなく、むしろ疎遠だったが、きょうだい三人ともガンで、しかも年齢の下の順で、弟、亜子、兄と死んでしまった。これで亜子の両親を含め「須川家」の家族全員がいなくなってしまった（後に遺されたのは、兄嫁と一人娘だ）。長崎県崎戸島から始まった須川（亜子の旧姓）家は、父母と子ども三人の五人家族だった。長崎県、大阪、千葉県を転々として三十年ほど維持されていた須川家は、崩壊してしまった。お墓は、義母が生前に布佐の近くの墓苑に墓地を買い、須川家の墓石を建てた。最初に入ったのは義父で、その後、義弟、義母と入った。命日はともかく、春秋の彼岸には、亜子がお花や線香を持って墓洗いに行っていた。私や息子たちを伴うこともあったが、私は億劫でいっしょに行くのを嫌がることが多かった。

きちんと話したことはなかったが、お墓をどうしようという話し合いをしたことがあった。須川家と彫った石面を川村家として両家の墓にしたらどうかというのが亜子の意見だったが、どれだけ本気だったかはわからない。お墓自体は当時我が家に同居していた義母がお金を出して建てたものだし、お墓参りは亜子がやっていた。名目上の所有者である義兄は、ほとんどお参りすることもなく、関心も薄いようだった。現在の須川家は、娘一人でもう結婚して他姓となっているから、いずれ縁者は断絶する。亜子は自分が死んだ後は、須川家の墓をどうしようと考えていたのだろうか。私の考えは、墓苑の近所に川村家の墓を建て、私の息子たちに両家のお墓を世話してもらうという提案をしたが、これは息子たちに反対されてしまった。息子たちにとっては、縁のなくなった布佐に墓があっても、お参りに行く便宜がなく、みすみす無縁墓となってしまうような案には反対だという。南行徳から始まって、私と亜子、息子二人の「川村家」は布佐で終わってしまった。二十五年ほどの長さだった。息子たちが家を出て、亜子と私の夫婦二人になった時から「川村家」は崩れ始めていたのだ。戸籍謄本を取り寄せたら、私の名前以外には、すべて×が記されていた。孤老となった自分の境遇をまざまざと実感したのである。

義理の兄嫁からの長いメールに、最後に家で寝たっきりの夫と過ごした三か月ほどが、一番幸せな時間だったと書いてあった。五十代で仕事を辞めてしまい、退職金や貯金を食いつぶすように、好きなことをし続けてきた義兄は、お金のことなどで妻や母親や妹にまでも面倒をかけることがあった。そのため私の妻（妹）とも晩年には疎遠となったが（母親の看護、介護の問題もあった）、私は別に嫌いな人物ではなかった。ホスピスや病院ではなく、自宅で妻と娘に看取られたというのも、むしろ羨ましい亡くなり方ともいえる。本人の遺志で葬儀は行わず、妻と娘夫婦だけで荼毘にふすのを見送ったという。母親と同じくひっそりとした自宅死だった。私にはどんな意味でもこうした自宅死は不可能だ。その意味では義兄が羨ましくもある。

二〇一八年三月十一日（日曜日）晴れ

3・11の大震災で、自宅の敷地に建てた二十畳敷の書庫は惨憺たる有様となった。壁に作り付けた書棚は、何とか大丈夫だったが、スチール製の本棚は、ドミノ倒しとなって倒れ、並べていた本が全部飛び出して、〝書籍流〟となっていたのだ。倒れたスチール本棚は、歪み、ねじれ、本の山の中に埋もれている。数えたことはないが、雑誌、文庫本、新書本も入れたら、三、四万冊はあるだろうか（もっと、あるかもしれない）。大げさにいえば、約五十年、半世紀にわたる収集の結果である（私が自分で本を買い始めたのは中学生の頃で、新聞配達のアルバイトのお金で、月に数冊の文庫本を買ったのが始まりだ）。

大学の教師となり、給与（ボーナスも含めて）は全部、妻に渡す代わりに、原稿料、印税などの著述による収入はすべて自分のものとした。それはほとんど本代と旅費と飲み代に変わった。読みたい本、買いたい本を気兼ねなく手に入れるようになったのは、ここ二十年ほどのことだ。

著者、出版社から寄贈される本も多い。文芸雑誌は、仕事柄、月々送ってもらい、二十年分以上がたまっていた。古書店からカタログが送られてくるようになると、それに印をつけて注文するのが趣味というか、業務となった。神田神保町や早稲田の古書店街には足が遠のいたが、注文した本の代金の振替用紙が、束になるような月もあった。旅行に行けば、帰りのバッグやトランクには、買い集めた本がぎっしり詰められ、われながらその重さに腰や腕が抜けるような思いをした。国内の旅だけではなく、韓国や中国に行っても同様だった。画集や美術書が多いから、半端な重量ではないのだ（おかげで超過料金を何度払わされたことか、せっかく値切って買って来たのに）。

それがすべて崩れ、積もり、重なって書庫から取り出せなくなった。あのへんに、こんな本があるはずだ、と分かっているのだが、書庫の入り口から中に入ることすらできない。文字どおり足の踏み場もないからだ。本を片付ける前に、潰れたスチール本棚を取り出さなければならない。ねじれて、歪んだ棚は、組み立て直すことはできずもう使い物にはならず、スクラップとして捨てる以外にない。鉄材ゴミは、週に一度しか収集に来ない。いっぺんに大量に出すわけにはいかないので、何十回にも分けて、重くかさばる書棚を何か月もかけて捨て終えたのだった。

書庫の本の山を見るたびに絶望的になった。原稿を書くために必要となった本があっても、探し出すことができない。あっても、ないのと同じだ。亜子は、「私が言ったとおりじゃない」と、私に追い討ちをかける。どこの家庭でも同じだと思うが、亭主の集めている収集物は、妻にとってみれば〝敵〟である。それに費やす金は、本代だけではない。それを蔵書として置いていることの場所代、地代が要る。わが家の場合、売りに出た隣接した畑を、新築建売の自宅と同じほどの値段で買い、その五十坪の土地に平屋の書庫を建て、ようやく家の中から本を追放することができたのである(妻の立場から言えば、だが)。

3・11後、五年が経っても、六年が経っても本の山はそのままだった。

近年の、亜子と私の諍いの種は、ほとんど、この本の山をめぐるものだった。

妻は、口を開くたびに、本を処分しろ、捨てろという。「買ったお金は取り戻せない。五年も六年も積もり重なって、読むことも使うこともできない本は、ないも同然で、捨ててもかまわないものでしょう」という。こうした妻の正論に、私は異を唱えることができない。私自身が、半ば以上、そう考え始めているのだ。読まない(これからもまず、読むことのなさそうな)本をいくら〝積ん読〟しても仕方がないと思い始めるようになったのである。

それはやはり、3・11の地震と津波の圧倒的な破壊力を目にしたこともあるだろう。これまでの日常生活が突然に断ち切られ、未来、将来がまったく無くなってしまうことの衝撃なのだ。これまで大切に思っていたこと、大事だと思っていたものが、それほど大事でも、大切なものでもないと思われるようになった瞬間。失われることによって初めて気づく大切なことと大事なもの。それが何なのかすぐにはっきりしたわけではないが、少なくとも蔵書ではないことは明らかだった。崩れた本の山を見つめながら、離合集散する本の運命を考えざるをえなかった。蔵書を処分する潮時がやって来たのだ。

そう考えて、まず二十年以上蓄積していた雑誌類を捨てることにした。『群像』『新潮』『文學界』『すばる』『文藝』『海燕』『早稲田文学』『三田文学』『現代詩手帖』『小説すばる』(これらはすべて寄贈してもらっていた)の二十年間ほどのほとんど全巻と、『ユリイカ』『現代思想』『國文學』『解釈と鑑賞』の折にふれて買ったものの端本の類だ(私が書いた文章が掲載されたものは除いた。結構な量が残った)。どこかの図書館にまとまって寄贈しようとも考えたのだが、所持している図書館も多いし、再入手もそれほど難しくないと思われるので、ビニール紐で括って、本・雑誌類のゴミ捨ての日にゴミステ(ゴミ・ステーション)に出しておいたら、バラバラにされて、商品価値のありそうなものだけ、抜かれることがあった。古紙として再生するより、そのまま再利用される方がいい。数か月かけて、全巻を捨てたのだが、書庫の棚には、床に散らばった本を詰め替えたので、あまり収容量が減ったとは感じられなかった。

次いで、興味本位で買った雑書、未知の人から送られてきた自費出版の詩歌の本、小説・エッセイの類を、中古本を買い取りますという、通信販売の中古本店にせっせと荷造りして送った。だが、これは百箱ほど送ってから、辞めた。無料でダンボール箱とガムテープなどを送ってくれた上、こちらからの輸送料もただという触れ込みなのに、査定された金額は明らかにそれらのコストが反映されたもので、数十冊の本が、百円ほどの買い取り値段にしかならないのだ（気を遣って、少しは商品価値のありそうな本を、入れておいたのだが）。苦労して箱詰めにして、業者に送る手間暇のことを考えたら、あまりにも割に合わないのである。

私にとっての貴重本や、コレクションとして価値のありそうな本は、最初から北海道立文学館に寄贈することを申し入れていた。旧知の道立文学館の副館長の谷口孝男氏を通じて話を繫いでおいたのである。古書店で入手した「満洲」「朝鮮」「台湾」「樺太」「南洋群島」などの旧植民地関係の単行本や雑誌や資料などだ。中国、インド、韓国など関係の文学書、美術書などは、コレクションとしてのまとまりもないので、バラバラで古本屋に引き取ってもらうことにした。

私は、いつかその評論を書くことを目標にして、林房雄、火野葦平、田村泰次郎、大鹿卓、国枝史郎、橘外男、張赫宙、湯浅克衛、寒川光太郎、鶴田知也などの作家のこれまでの全著書を収集しようと努め、かなりの量を手に入れたのだが（全集がなく、かつ、私以外にほとんど収集者はいないだろうと思っていた作家群だが、思いがけないところにコレクターのライバルはいたようだ。古書店の目録で注文しても抽籤で必ずしも当たるとは限らなかった）、私に残された人生の時間を考えれば、その夢も潰えざるをえなかった。これらのコレクションは、一部を残して、古書店行きとなったのである（まさに離合集散の運命をたどったのである）。

個人全集の場合はあまり悩まなかった。必要な時には再入手も容易だろうし、図書館に揃っている場合が多いからだ。それでも曲亭馬琴の読本集成や、まだ未完結の山東京伝全集や鶴屋南北全集は、大枚のお金をはたいて買ったものだけに（まだ、ほとんど読んでいないし）、惜しんであまりある。しばらくは、書棚の肥やしとして並べておきたいのだ。中島敦全集、坂口安吾全集、中上健次全集、瀬戸内晴美全集、大庭みな子全集、宮澤賢治全集、在日文学全集などは、若い研究者や海外の図書館に譲った。私のところにあるよりも、きっと役立つだろうからだ。

手元に残っているのは、鷗外全集、鏡花全集、露伴全集、折口信夫全集などだが、これらはあまりに沢山出回っているので古書の価値もなく、引き取り手も現れないから、残しているだけのことだ。隙間の目立つがらんとした書庫の中を見るたびに、心の中を風が吹き過ぎて行くような感じがする。妻の死で半身を捥ぎ取られたような気がしたのに、残りの半身を蔵書が捥ぎ取って行った。すると、もう私は実体のない、不在の存在だ。ただ、すでに半身を捥ぎ取られた経験があるから、書庫が空っぽになることでの精神的ダメージは、そんなに大きくない。離合集散するのが、本の運命なのである（という悟りの境地に、今は立っている）。

加齢、老化とともに読書力も衰えることをしみじみと感じる。老眼や乱視などの視力だけの問題ではない。ページに目をさらし、文章を読んでいるつもりでも、ふっと気がつくとまったく頭に入っていない。電車のなかでは、手にしていた文庫本を取り落とし、何度も恥ずかしい思いをした。寝そべって仰向けで本を読んでいると（こんな姿勢で読むことが多いのだが）、腕が疲れてどうしようもない。一冊の本を読み切るのに、二倍、三倍の時間がかかっているような気がする。理解力、集中力、記憶力がはなはだしく減退し、哲学書、学術書などは、何べん文章を反芻しても頭に入ってこない。読書力が落ちるというより、読書能力がなくなり、意欲もなくなるのだ。老後の楽しみに「読書」をとっておこうといった人がいたが、「老後」には本を読む力さえなくなってしまうのだということに、そうなってみて、はじめて気がつくのである。古典文学大系を、老後のために揃えておくという編集者がいたが、おそらく〝積ん読〟で終わってしまうのではないだろうか。

死後に遺族が整理することの大変さを慮《おもんぱか》るために、生前整理を推奨する声がある。しかし、蔵書の整理を通じて、これが実に大変であることを実感せざるをえなかった。今は、漱石に倣ってこう言いたい。すべてのことは片付かない。片付かないままでも、人間は（私は）滅びる。こんな言葉が、とても身に沁みるのである。

自分がそうした身の上になったからか、妻に先立たれた夫の書いた本が目に付くようになった。川本三郎の『いまも、君を想う』（新潮社）がそうだし、江藤淳の『妻と私』、西部邁の『妻と僕』、城山三郎の『そうか君はもういないのか』、徳岡孝夫『妻の肖像』、永田和宏『歌に私は泣くだろう』などだ。同じ境遇の人たちの話を読むことによって、この受難が自分だけでないことに、何とか慰めを見出そうとする。哀れな心情だとも思うし、実際に慰めとなる。だが、読んだあとの索漠たる孤独感は、やはり同じ境遇の人にしかわからないものだろう。

三月十五日（木曜日）晴れ

朝、起きて桑園中央病院へ行く。大野病院では足の血圧を測る器械がないので、そこでふくらはぎ、すね、足の甲の血圧を測り、血流の様子を見るというのだ。十時半までといわれたので、その時間にゆくと、十時の予約となっており、遅刻だと文句をいわれた。大野病院のナースからは、十時というメモを確かに受け取ったのだが、齟齬があったらしい。しばらく待ち、黙って両足の血圧を計測してもらった。大野病院での足のエコー検査、CTスキャンの撮影と同じように、足の血行、血の巡りの良し悪しを検査するのである。

立派なMICやCTスキャンの最新機械を持っている大野病院が、足の血圧を測る血圧計を備えていないことに首を傾げざるをえないが、この病院が心臓外科が専門で、透析室は開始してから日が浅いということを考えれば、やむをえないのかもしれない。看護師や看護助手、技師たちも、研修生段階の新人が多いのもそういうわけだ。透析専門のクリニックが、近所にたくさんあり、透析患者という固定客を後発の病院が獲得するのは結構難しいらしい。だから、透析室のナースたちの対応は親切だが、慣れていないフシが見え、ちょっと信頼感に欠ける。ベテランのナースもいるのだが、看護学校や医療学校出たての若い人も多いようなのだ。患者のそばで、透析機械の操作法を先輩に教えてもらっているのを聞くと、ちょっと不安な気持ちになることは避けられないのだ。ただ、若い看護師さんに「体がこわいでしょ?」と、北海道弁で聞かれると、「なんも、だ」と答えたくなる。「あずましくない?」などと聞かれると、北海道の病院でよかったという気がしみじみ、する。

何度か上京した折には、江戸川橋の透析クリニックで臨時透析をしてもらっているが、ここは規模は小さいが透析専門のクリニックなので、スタッフもみな専門的で、手際もよく、安心して任せていられる。透析の機械は、やや旧型で、ベッドも電動式のは少なく、手動式のものが多かった。テレビもアーム式のはなく、サイドテーブルに置いたスタンド式のもので、寝そべったまま観るには、首を少し浮かせなければならない。透析の方法には大きな違いはないが、透析室の環境や雰囲気は大きく違う。私の母親が二十数年も、決して家から近いとはいえない病院に週三回ずつ通い続けたのも、いったん慣れてしまえば、なかなかその環境から違ったところへゆくのが億劫になるからだ。週に十二時間は、顔を合わせるのだから、スタッフや患者同士の人間関係も、簡単に、結ぶことも切ることもできないのである。

先週から足の指の痛みが我慢できないほどになったので、透析の時にナースにそれを訴えたら、ドクターが診て、末消閉塞性動脈疾患の疑いだといった。ネットで調べてみたら、下肢閉塞性動脈硬化症（ASO）とか下肢慢性動脈閉塞症とかいわれ、要するに下半身の血管の血流が悪くなり、毛細血管まで血が行きわたらなくなり、毛細血管が死滅して、ちょっとの足の怪我から壊疽を起こしたり、赤黒く腫れたりして、指や足の切断にまで至る恐ろしい疾患なのだ。

すでに、足に痛みが出ているというのは、末消動脈閉塞疾患でも重篤な状態だと聞かされて、うろたえる。これまで痛風とばかり持っていた足の痛みは、これから来ていたのかもしれない。とすると、ずいぶん前からこの症状は出ていて、悪化していたということなのだ。最初は足が冷たいとか、しびれるというのがステージⅠで、Ⅱになると、歩く時だけに足が痛くなる間歇性跛行で、間歇性とあるだけに、歩くのをやめると治る。足に合わない靴のために、靴擦れでもしているかなと思うのがこの段階だ。ステージⅢは、安静にしていても足が痛むという段階で、私の現在の状態である。最終ステージⅣでは、皮膚に潰瘍が出たり、黒ずんで壊死するという（私の左足の親指はここまで進んだ）。

糖尿病患者のフットケアの大切なことは、聖路加病院の内分泌科（糖尿病）クリニックで十分に聞かされていたが、知らず知らずのうちにこんなに悪化するとは思わなかった。足先のしびれや、冷え、歩く時の痛み、小さな傷の治りにくさなど、確かにそのままのステージの症状をたどっている。わかってしまえば、なあんだ、という感じさえ覚える。はかばかしい治療法はないが、カテーテル検査次第で、いくつかの治療方針を立てようとドクターはいう。

足の動脈にカテーテルを入れ、造影剤を注入して撮影すると、どの血管が閉塞しているかがわかる。その箇所でバルーン（風船）を膨らませれば血管詰まりが改善される。詰まった箇所の血管を人工血管に取り替える（ステント治療）、といった手術が可能だという。いずれにしても、とても痛そうなので躊躇せざるをえないが、麻酔を使って痛みを感じずに行うことも可能だという。痛みをまったく除去することは難しく、麻酔をしていると、本来の足の痛みが改善したかどうか判断がつかないということだから、手術の際の痛みをまったく無くすことはむしろよくないのだ。

カテーテル手術では冠動脈も調べて、心臓の動脈の閉塞や筋梗塞の怖れの危険性も検査することができる。大野病院はもともと心臓血管外科の専門病院でカテーテル検査は設備も立派だし、ドクターもナースも慣れているからその点は安心なのだが、検査のために痛い思いをするのは嫌だな、と思わざるをえない。

三月十六日（金曜日）雪

札幌の妹の家に来てから、ジャマコは、居間に落ち着かず、二階の一番陽当たりのいい窓際に私の古い毛糸のセーターを座布団にして、丸まって寝ていることが多かった。下の居間にいると、郵便屋さんや宅配業者、クリーニング屋さんがチャイムを鳴らして訪れる。すると大あわてで二階の階段を駆け上るのである。

思えば、我孫子の布佐の庭付きの家から、狭い、ベランダにも危険で出られなかった築地のマンション、そして雪深い札幌の妹の家と、ジャマコの〝さすらい〟の旅は続いた。使い古しの猫トイレや食器などをわざわざ運んで来たのだが、札幌の住処でもなかなか慣れないことがあった。定番のキャットフードの缶詰やカリカリをやっているのに、床の上や、妹の大事にしている絨毯に、ゲェ（反吐）をして、叱られることもたびたびだった。腰のあたりの毛が抜け、円形脱毛症のようになっていたのは以前からだが、少し広がってきたように思えるのは、築地、札幌と移動が激しかった頃からだ。

東京生まれのジャマコにとって、北海道の雪と寒さは、人生（猫生？）上初めての体験であり、コタツもないからそのなかで丸まることもできない。多大なストレスがあることは、飼い主の私の精神状態からしてもよくわかる。ハゲの拡大を心配して近所の動物病院に連れてゆくと、いかついわりには優しそうなお医者さんが、やはりストレスによるものではないかと診立《みた》て、飲み薬を処方してくれたが、ジャマコは嫌がってほとんど吐き出した。だが、時が薬で、だんだん札幌の家に慣れてきたのか、ハゲも縮小し、チャイムが鳴っても、私の長姉やその娘の亜子（私にとって姪）が来ても、逃げなくなり、情の移ってきた妹からは、手ずから「チャオチュール」（猫のオヤツ）をもらうまでになった（それまで人の手から食べ物をもらうのは、妻と私から大好物のカニのほぐし肉――これはカニカマではなく本物――をもらう時だけだった）。

だが、それがストレスが解消されたことなら良いのだが、老猫として体や気の弱りだとしたら、ちょっと心配だ。そう考えると、居間のソファの上で丸まって寝てばかりいるのは、くつろいでいるというより、ぐったりしているとも見え、階段を上がるのも億劫になったからではないか。そろそろ寿命なのかもしれない。ジャマコにとって人生（猫生？）は、少なくとも（その後半生は）起伏（移動距離）の多いものだった。私の行く末によって、ジャマコの運命もまた変転する。ピピタやチロクマといっしょに、布佐の家の庭に埋められる日が来るだろうか。それが一番の幸せな最期だとも思われるのだが。

三月十七日（土曜日）晴れ

昨日カテーテル検査を行った。真っ裸になり、病衣を被せられただけで、ストレッチャーで検査室まで運ばれる。広い部屋の天井にレールが走り、大きなカメラが回るように設置されている。両足の太ももの内側を消毒され（それが麻酔か）、右の鼠蹊部からカテーテルが入れられる（そのためにあらかじめ陰毛を剃られる）。右足の大動脈から、肢動脈へと進入してゆき、カメラで撮ってゆくようだ。寝そべっている私には天井のカメラが、私の方にぐいっと近づいてくるのだけしか分からないが、モニターを見ながらドクターは、カテーテルの操作をしているらしい。もともとの専門が心臓外科で、心臓カテーテルはお手のものだから、下肢のカテーテル検査は、命の危険には及ばないから、そう難しいものではないのだろう。もちろん、カテーテル検査など初めての私は、重大な手術に似たような検査の雰囲気にびっくりすると同時に、ちょっと肚が据わった気持ちにもなった。

一時間ぐらいと聞いていたので、片足ずつ造影剤を入れられる時、足全体が熱くなり、いたたまれない不思議な痛さに襲われた。だが、すぐにそれも収まり、撮影も完了したようだ。

そのままストレッチャーで運ばれ、透析室に入った。いつもは、ジャージのズボンとTシャツに着替えるのだが、今日は病衣のままだ。腕に二箇所穿刺して、透析を始めるのは、いつもと同じだ。しかし、カテーテルを入れた右足は、絶対に動かしてはいけないといわれていたので、体の向きを少しも変えることができず、いつもの倍以上に苦しい。これで四時間保つだろうかと不安になる。朝の八時から、横たわったまま、同じ姿勢で、午後四時頃まで過ごさなくてはならない。八時間以上、同じ姿勢で安静にしていなければならないというのは拷問に近い苦痛だ。三時間ほどしてついにナースコールしてギブアップ（普段の透析でも、最後の一時間がとても辛いのだ）。除水をかなり残したまま、透析を中止してもらう。いったん抜いた血液が、体内に戻される終わりの時間がとても長く感じられる。

透析室のナースたちは、数値にこだわる傾向がある。ドライウェイトの数字にきちんと合わせることが、自分たちの責務だと思っているようだ。透析のない日に飲み食い（主に水分）した分は、ちゃんと体重に反映され、その分を透析の時に除水しなければならない。その分を四時間に分けて除水量を決めるのだが、一時間のうちの除水量を緩やかなものにすれば、透析時間を延長して除水しなければならい。一時間当たりの除水量を緩やかにするのと、四時間以上延長するのと、どちらが身体的、精神的にダメージを与えるか、比較は困難だ。私の場合、四時間でもようやく堪えられるほどの苦痛なのに、それを延長されるのは耐えられないほどの苦しみだ。時間の経つのが、これほどゆっくりしたものかと、時計を疑わざるをえないほどだ。

私としては、ドライウェイトの〝理想〟に近づかなくとも、本人の体の調子がそれほど悪くなければ、ウェイトを超過していても構わないのでは、と思える。除水して低血圧となり、目眩がしてふらふらするのより、少しぐらいむくんでいたり、息切れをしてもしょうがないと思う。

血圧が一〇〇台を割って、八〇台、七〇台になった苦しさは、経験者にしかわからない。五〇を割れば死の淵だ。高血圧症を注意するようにいわれていた私が、なぜこんなに低血圧が続いているのか、納得がゆかないのである。ドライウェイトの設定がキツ過ぎるのか。それに合わせて除水量を決めているのだが、もっと体調や状態に合ったやり方はないのだろうか。今の医療は数値を絶対化し過ぎているのではないか。そんな不満が募ってくるのである。

三月二十二日（木曜日）札幌、雪、東京、晴れ

十九日に退院し、二十日に上京した。坪田譲治賞の東京でのお祝いの会があったからだ。ついでというか、こっちの方が本当の目的といえるかもしれないが、潮と八重ちゃんのところに生まれた孫娘・知佳ちゃんの顔を見に行くという目的もあった。亜子が生きていたら、とても喜んだだろう女の子の孫だ。写真で見ると、鼻や口元が亜子ばあちゃんに似ているような気がする。ばあちゃんの『亜子の育児日誌』にあった古びた、亜子の赤ん坊の時の写真に、だ。

小さな手をぎゅっと握って、苦しそうにしかめ面をしているところは、岬や潮の赤ん坊の時とそっくりだ。もちろん、新の生まれたばかりの写真に一番似ている。よく似た兄と妹になりそうだ。

札幌を発つ時は小雪がちらついていた。妹の家からバスの停留所まではわずかの道のりだが、両脇の積雪の山は高く、いったん雪解けした道路は、早朝の冷え込みで固く凍っている。バスを待つ間、マフラーの隅から冷たい風が吹き込んでくる。手袋をはめる。走っている途中の窓外にも、白い雪景色は広がっている。ただし、車道の凍りついた氷雪は、ずいぶん薄くなっている。アスファルトの地が見えている部分も、都心ではかなり広範囲になっていた。

二十二日、たった三日間、上京していただけなのに、新千歳からの帰り道は、かなり雪解けが進んでいた。スカイライナーの走る千歳線の線路脇の一帯は雪が消え、枯れた草むらが顔を出し、防雪林の向こうまで雪線は後退している。鉄路と並走する国道は、すっかり乾いたアスファルト路となっていた。色とりどりの三角や四角の家の屋根の上にはまだ厚い積雪が残っているものの、覆いかぶさっている感じはなく、今にも崩れ落ちそうだ。氷柱は消え、雪捨て場の雪山も、縮んだように容積を減らしている。

大野病院へ行くバス道路の歩道にも、舗装が顔を出し、雪解け水が地下の下水道を激しく流れてゆく水音が聞こえて来る。この水音こそが、春の到来を告げるものなのだ。

小・中学生の時に、湧き水のように流れる雪解け道をゴム長靴でじゃぶじゃぶと踏みながら、登校した頃のはずんだ気持ちが思い出される。待ちに待った春がすぐそこまでやってきているという喜びなのだ。

足の親指の深爪の傷が悪化して潰瘍となった。傷口がえぐれたようになり、痛みはそれほどひどくはないのだが（神経が麻痺しているのだから、むしろ痛みがあったほうがよいのだ）、なかなか治りにくく、これ以上悪化したら、指全体が壊疽し、下手をすれば切断ということにもなりかねない。ドクターもナースも、いろいろと心配してくれて、何とか治療方法を考えてくれるのだが、血管の閉塞による血行障害、血流の悪化が根本原因だから、元が治らなければ、なかなか治癒することは難しい。

ドクターの指示で、高気圧酸素治療を始めた。アメリカ製のカプセルのような機械のなかに入り、二気圧の酸素のなかに病衣で、九十分ほど入っているという治療法だ。動脈の酸素の吸入を良くして、末端の毛細血管の血流を改善し、その再生を促すという。ちょっと迂遠なような感じがするが、カテーテル手術以外では、末梢動脈閉塞疾患に対する療法はあまりないのだ。スポーツ選手が、肺機能の増大や血管の強化のために酸素カプセルに入るのと同じで、高価な機械で高額な医療費の割には効果はそれほど目覚ましいものではないようだ。

カプセルに入った最初の時は、耳が耐え難いほど痛く、違和感も大きかったが、耳をふさいだり、あくびをしたり、飛行機での上昇と下降の時のように耳を気圧に慣らせば、何とか平気になる。

これから月・水・金の透析治療の後、九十分の治療を行うことになる。入院している時などは毎日やったほうがいいのではないかと治療室の技術員に聞くと、急性ならともかく慢性の動脈閉塞症にはあまり効き目はない、というがっかりするような返事だった（若いから、正直過ぎる？）。非常に高価な設備であり、治療費も結構かかるのに（健康保険でまかなえるので患者にとっては高額治療とならないが）、はかばかしい効き目がないのだとしたら、さほど期待は持てないのである。サイダー泉といわれる炭酸泉の足湯のほうが効き目があるかもしれない（ということで、人工炭酸泉のある健康ランドにも行ってみた。三十分ほど足湯をしてみたが、もちろんすぐに効果が出てくるとは思えない）。

三月三十日（金曜日）晴れ

今日は七か月目の亜子の月命日だ。もう七か月も経ったのかというのと、まだ七か月しか経っていないのかという、二つの気持ちの間で揺らいでいる。

週明けには、またカテーテルを足の動脈に入れ、バルーンで血管を膨らませる手術を受けるために入院する。担当の若いドクターに聞くと、これもあまり効率の良い治療法とはいえず、アメリカなどでは、血管の一部を金属製の網状のパイプのステントでつなぎ替えたり、血流のある動脈とのバイパス手術が主流だという。日本人が得意な職人技的なバルーン治療では、効果があっても数か月ほどで元の木阿弥になることも少なくないというのだ。人工血管の手術の費用には二、三百万円ほどかかるというが、まずバルーン治療をやってみようと決心した。それでだめなら、次の方法を考えればいい。痛い思いをして、高い費用を払った上に、足の痛みが治らないとしたら、それこそ"泥棒に追い銭"だ（この例えはちょっと違うような気もするが）。

このまま足の痛みが続くようなら、早晩、歩けなくなるだろう。自分で歩行できなくなったら（車椅子となり、そして寝たっきりになったら）、その後どうなるかは、亜子の例でしっかりと学習した。

これから何年も生き続けようとはあまり思わない。ただ、車椅子になったり、寝たきりになるのは、亜子のように、死ぬ一か月前ぐらいにしたいものだ（もちろん、車椅子での「生」や、ベッドの上での生活を否定するものではない）。動くことができるから動物で、動き回ることができなくなったら、もう動物でもない。

テレビで、脚をケガして、群れから離れた老雌ライオンの臨終の場面を見たことがある。狩りで足をケガして歩けなくなった雌ライオンは、群れから離れて、高い岩場までようやく上り、そこにうずくまって衰弱死を待っていた。

そんな死に方が理想的だといいたいわけではない。ただ、その時の老ライオンの心中は、とても穏やかで、爽やかだったのではないかと思っただけだ。

札幌では雪解けとなり、東京では桜が満開だという。生まれたばかりの知佳を抱えた潮のところでは、今年の花見は無理だろうが、岬のところなら、目黒川の桜並木を見に行くことができるだろう。私と亜子が学生時代に見上げた法政大学正門の前にある外濠公園の桜の並木も、たわわに咲いていることだろう。かつての私たちのように、桜の花の満開の下、学生たちは花見で騒ぎ、はしゃぎ回っているのだろうか。今年も、冬は過ぎて春が来た。でも、私と亜子の春はもう二度と巡って来ることはない。かけがえのない妻に先立たれた私にとっての、玄冬の季節は、まだ当分は続くのである。

また、夏がめぐってくる。一年前の夏は、夏といっても空調のしっかりした病院内でほとんど過ごしたので、猛暑といわれた暑さも何も感じることはなかった。今年は基本的に北海道だから、しのぎやすいものとなるかもしれない（全国的には七月から猛暑が続いているが）。この本は、ほとんど病床で書いた。そして、「後記」を書く時点でも病床で書いている。虚血性下肢動脈硬化疾患の治療を受けるためだ。

縁起でもない連想だが、高気圧酸素のカプセルに横たわっていると、何だか柩《ひつぎ》のなかに入れられているような気がする。昼間のドラキュラ伯爵のように、一定の時間が経たなければ出ることができない。私たちが、通夜や告別式で涙を流している間に、私の妻、亜子も一人で柩のなかに横たわっていて、何を感じていただろう（いや、何も感じても、考えてもいない）。一日に一度、一時間半の間は、私は何も考えず、感じず、ひたすら時が経つのを待っているだけだ。こうした擬似的な仮死を続けていれば、やがて本番の時となっても、何とか耐えることができるかもしれない。亜子の死が穏やかであったように。

来世や「あの世」で死者と出会えるとは、私はまったく思っていない。死ねば死に切りだと思っている。だが、亜子はしばしば私の頑固な思い込みをいさめていた。そんなことはない、という私の意見と対立して、自分の意見を曲げなかったことがよくあった（今思えば、ほほえましい夫婦喧嘩だ）。そのたびに私は悔しい思いをしたり、道理や論理を知らない妻を詰《なじ》ったりしたものだが、今は、「来世などない、あの世は存在しない」という私の頑なな思い込みを、死んだ妻が論破してくれることを希望しているのである。

亜子の母親（おばあちゃん）が残した古い育児日記がある。六十年以上も前のものだ（古い青インクで書かれていた）。そこに亜子の幼い頃の写真があった。セピア色に変色した写真を見ているうちに、私がそれが亜子の母親に似ているのと同時に、生まれたばかりの孫娘・知佳《ちか》に似ていると思った。「来世」も「彼岸」も「他界」も信じない。だが、孫娘にとってこの世で会うこともなかった祖母の面影が、その姿に映されているというのは、どうしたことだろう。「生まれ変わり」ということを信じているわけではない。だが、確かに祖母—孫娘には、貫いているものがある。

左足の動脈硬化疾患は悪化して、結局、親指の半分、中指、薬指、小指の三本半を切断した。回復は遅く、数か月の入院は必須だろう。病床での生活はもはや飽きたという段階ではなく、本も読まず、テレビも見ず、ひたすら時間や日々が過ぎてゆくのを受け入れるだけの生活だ（生活と言えるだろうか？）。

この本はホスピスについて医者や看護師の側から書いたものはあっても、患者の側や家族の側から書いたものがあまりないことから思いついた。ホスピス医療について少しは参考になるだろうか。透析についても、患者側から発言しているものは少ない。人工透析開始後半年の〝新参者〟だが、患者の気持を書いたものがあってもよいだろうと思ったのだ。

妻への追悼、自分の病床日記にしては理屈っぽいものになってしまったが、プライベートなこととパブリックな意見などを区別せずに書いてみようと思ったのである。

書き終えた瞬間から、あれも書きたい、これも書きたいという思いが募った。妻のことである。しかし、こんな愚痴めいた文章を読んでくれる読者は少ないだろう。編集者の和気元氏、田畑書店の大槻慎二氏はそうしたなかで数少ない知己だった。二人の手で本書ができたことを喜び、また感謝したい。

二〇一八年七月三十一日

川村　湊

参考文献

佐藤健『ホスピスという希望』新潮文庫。

小澤竹俊『今日が人生最後の日だと思って生きなさい』アスコム、二〇一六年二月。『大切な人に最期にしてあげられること』河出書房新社。

河辺貴子・山崎章郎『河辺家のホスピス絵日記』東京書籍、二〇〇〇年一月。

松本千鶴『ホスピスで死にゆくということ　日韓比較からみる医療化現場』東京大学出版会、二〇一七年三月。

柏木哲夫『恵みの軌跡　精神科医・ホスピス医としての歩みを振り返って』いのちのことば社、二〇一七年四月。

山崎章郎監修・桜町病院聖ヨハネホスピス編『ホスピス通信　生の終わりに小さな「もてなし」』講談社、一九九六年十月。

山崎章郎監修・桜町病院聖ヨハネホスピス編『ホスピスの「質」生の声』講談社、二〇〇一年三月。

山崎章郎『ここが僕たちのホスピス』文春文庫。

山崎章郎『病院で死ぬということ』文春文庫。

山崎章郎『続　病院で死ぬということ　そして今、僕はホスピスに』文春文庫。

山崎章郎『僕のホスピス　1200日　自分らしく生きるということ』文春文庫。

山崎章郎・桜町病院聖ヨハネホスピス聖ヨハネホスピスケア研究所『「生」を最後まで輝かせる　ホスピス・ハンドブック』講談社、二〇〇〇年二月。

山崎章郎『「在宅ホスピス」という仕組み』新潮選書、二〇一八年三月。

徳永進『みんなのターミナルケア　看護婦さんの便りから』関西看護出版、一九九四年八月。

徳永進『野の花ホスピスだより』新潮文庫、二〇一二年三月。

徳永進『在宅ホスピスノート』講談社、二〇一五年六月。

重兼芳子『聖ヨハネホスピスの友人たち』講談社、一九九〇年九月。

重兼芳子『さよならを言うまえに』春秋社、一九九九年九月。

重兼芳子『たとえ病むとも』岩波現代文庫。

重兼芳子『平安なる命の日々』講談社、一九八九年八月。

重兼芳子『死の意味　老いの価値　いのちに寄り添いながら』海竜社、一九九一年五月。

重兼芳子『夫と妻の老い支度』海竜社、一九八五年九月。

横川善正『ホスピスからの贈り物　イタリア発、アートとケアの物語』ちくま新書、二〇一六年九月。

エリザベス・キューブラー・ロス（鈴木晶訳）『死、それは成長の最終段階』中公文庫。

桃井和馬『妻と最期の十日間』集英社、二〇一〇年十二月。

垣添忠生『妻を看取る日　国立がんセンター名誉教授の喪失と再生の記録』新潮文庫。

倉嶋厚『やまない雨はない　妻の死、うつ病、それから…』文春文庫。

斎藤忠雄『ひまわり　在宅ホスピス医による提言』二〇一七年七月、ルネッサンス・アイ。

玉地任子『ホスピス医が自宅で夫を看取るとき』二〇一七年九月、ミネルヴァ書房。

早瀬圭一『聖路加病院で働くということ』二〇一四年十月、岩波書店。

西田輝夫『70歳、はじめての男独り暮らし』二〇一七年十月、幻冬舎。

高草木光一『岡村昭彦と死の思想』二〇一六年一月、岩波書店。

柳田邦男『「死の医学」への日記』新潮文庫。

米原万里『打ちのめされるようなすごい本』文春文庫。

上野千鶴子『おひとりさまの老後』文春文庫。

上野千鶴子『男おひとりさま道』文春文庫。

上野千鶴子『おひとりさまの最期』朝日新聞出版、二〇一五年十一月。

上野千鶴子『老いる準備　介護することされること』朝日文庫。

城山三郎『そうか、もう君はいないのか』新潮文庫。

徳岡孝夫『妻の肖像』文春文庫。

川本三郎『いまも、君を想う』新潮文庫。

江藤淳『妻と私・幼年時代』文春文庫。

西部邁『妻と僕』飛鳥新社、二〇〇八年七月。

永田和宏『歌に私は泣くだらう』新潮文庫。

中山あゆみ『病院で死なないという選択――在宅ホスピスを選んだ家族たち』集英社新書、二〇〇五年七月。

今井俊子『ホスピス病棟に生きる　末期ガン患者と看護婦のいのちのドキュメント』文化創作出版、一九九七年十一月。

上原善広『聖路加病院訪問看護個科　11人のナースたち』新潮新書、二〇〇七年五月。

柏木哲夫『死を看取る医学　ホスピスの現場から』NHKライブラリー、一九九七年十一月。

佐藤健『ホスピスという希望　緩和ケアでがんと共に生きる』新潮文庫。

押川真喜子『在宅で死ぬということ』文春文庫。

野木裕子『ホスピスという選択』新潮OH文庫。

A・デーケン、飯塚眞之編『日本のホスピスと終末期医療』春秋社、一九九一年十一月。

川村湊（かわむら　みなと）
1951年2月23日、北海道生まれ。法政大学法学部卒業。法政大学名誉教授。
著書に『異郷の昭和文学――「満州」と近代日本』（岩波新書）、『闇の摩多羅神――変幻する異神の謎を追う』（河出書房新社）、『戦争の谺――軍国・皇国・神国のゆくえ』（白水社）、『紙の砦――自衛隊文学論』、『銀幕のキノコ雲――映画はいかに「原子力／核」を描いてきたか』（以上、インパクト出版会）などがある。

田畑書店

ホスピス病棟の夏

2018年10月30日　印刷
2018年11月 5日　発行

著者　川村《かわむら》 湊《みなと》

発行人　大槻慎二
発行所　株式会社 田畑書店
〒102-0074　東京都千代田区九段南3-2-2　森ビル5階
tel 03-6272-5718　fax 03-3261-2263
本文組版　田畑書店デザイン室
印刷・製本　中央精版印刷株式会社

Printed in Japan
ISBN978-4-8038-0354-9 C0095
定価はカバーに表示してあります
落丁・乱丁本はお取り替えいたします